MÁGICAS
HISTORIAS
PARA ANTES DE
DORMIR
Cuentos, fábulas y leyendas

Título original:
Histoires du Soir. Magie et contes de fées. Contes, fables e légendes

Primera edición: noviembre de 2010

© 2009 Éditions Gründ
de esta edición: Libros del Atril S. L.
de la traducción: Julia Osuna Aguilar
Av. Marquès de l'Argentera, 17, Pral.
08003 Barcelona
www.piruetaeditoral.com

Impreso por Brosmac S. L.
ISBN: 978-84-92691-92-0
Depósito legal: M. 40.164-2010

MÁGICAS
HISTORIAS
PARA ANTES DE
DORMIR

Cuentos, fábulas y leyendas

Traducción de
Julia Osuna Aguilar

pirueta

Sumario

Búsquedas, pruebas y viajes

El fuego de la colina

Cuento ilustrado por Jérôme Brasseur

Existía en África un lago con unas aguas tan heladas que su sola visión daba frío. Nadie osaba bañarse en él. No lejos del lago, se encontraba una aldea regida por un jefe rico y poderoso.

—Todo su oro y todas sus armas pertenecerán algún día al marido de su hija —comentaban los aldeanos, que añadían—: Pero quién sabe si la bella Nyan-Te se casará…

Decían esto porque el jefe había ideado una prueba muy difícil para su futuro yerno. Sólo el hombre más fuerte y valeroso podría casarse con su hija, pues para ello tendría que pasar toda una noche dentro del agua helada del lago.

—Si no muere de frío ni se ahoga, le devorarán las fieras que van a abrevarse en el lago por la noche —murmuraban las gentes—. ¡Va a ser difícil encontrar a un hombre tan valiente!

Pero sí que lo encontraron. Ntongo, un joven pobre, huérfano

de padre desde su más tierna infancia, despreciaba el oro: sólo le interesaba la hija del jefe, de la que estaba perdidamente enamorado.

—No sé cómo podré seguir viviendo si mueres —le dijo su madre—. Pero veo que estás decidido. Eres ya un hombre y no te retendré.

Cuando cayó la noche, los hombres del jefe treparon a la copa de los árboles para asegurarse de que Ntongo cumplía la prueba. El joven salió de su choza y se encaminó hacia el lago. Su madre le siguió a escondidas. Estaba convencida: si su hijo moría en el lago, ella iría detrás.

Ntongo, intrépido como era, se metió en el agua helada. Le pareció que el corazón se le paraba. Acto seguido, oyó los pasos de las fieras y el rugido de un león. Pero perseveró. ¡La noche apenas había empezado y tenía que seguir en el agua hasta el alba! De pronto vislumbró en lo alto de la colina que se elevaba junto al lago una lucecita cada vez más intensa… Era el fuego que había prendido su madre para hacerle ver que estaba allí, a su lado.

Al oler el humo, los animales salvajes fueron escabulléndose.

El agua seguía igual de helada, pero Ntongo, abrigado por el amor de su madre, ya apenas tenía frío. En la colina, ésta continuó quemando ramitas secas hasta el amanecer para que su hijo no se sintiese solo.

Cuando Ntongo volvió a la aldea, el jefe le estaba esperando:

—Sé que has pasado la noche en las aguas del lago —le dijo—. Pero también sé que en la colina ha ardido un fuego toda la noche. Tal vez por eso no has pasado frío…

Al escuchar estas palabras, la madre de Ntongo se presentó ante el jefe y le dijo:

—Le voy a preparar una sopa.

Puso a continuación una marmita llena de carne lejos del fuego.

—¿Cómo pretende cocinar esa sopa si las llamas ni siquiera alcanzan la marmita? —preguntó el jefe.

—De la misma forma en que el fuego de la colina calentó a mi hijo —respondió la madre de Ntongo.

El jefe comprendió su error y se sintió avergonzado.

—¡Mi hija será tuya! —le anunció a Ntongo—. Eres valeroso y sin duda serás un buen jefe: te ha criado una madre valiente y sabia.

Así fue como Ntongo pudo casarse con la bella Nyan-Te y convertirse en el jefe de la aldea. Desde entonces, en los tobillos de su madre tintinean pulseras de oro macizo.

El rey de la región

Cuento e ilustraciones de Sandrine Morgan

En el despoblado altiplano de los grandes bosques, vivía Silva, un leñador, con sus tres hijos. Al anochecer, la familia se reunía en torno al fuego de leña y el padre recordaba sus hazañas pasadas, cuando era un guerrero de la casa de Yor el Negro, el rey de la región. «¡Cómo batía el acero!», le gustaba contar. La vida le sonreía hasta el día en que Yor el Negro sufrió un revés de la fortuna.

El pueblo, hambriento tras años de guerra, reclamaba el fin del conflicto con el rey Titán, quien había invadido las tierras del sur y desafiado a Yor el Negro: un gran torneo vería enfrentarse a los mejores hombres de ambos bandos. A tantas victorias en el combate, tantas parcelas ganadas al reino vecino.

Silva contaba ya con seis victorias cuando tuvo que rendirse en el séptimo duelo. Aunque todos sus compañeros de armas defendieron con honor la región, se perdieron varias hectáreas. Fiel a su señor, el joven guerrero tuvo que abandonar sus tierras y la tumba de sus antepasados. «Una tierra sin señor no es más que polvo», decía el leñador. Fue así como alcanzó las nuevas fronteras de la región y se instaló en un lugar apartado.

Con los años la paz mermó las filas de los ejércitos y Silva, despojado de sus bienes, se hizo leñador. Se casó con la hija del herrero, quien le dio dos gemelos y una hija. Thor y Thot eran fuertes y soñaban con devolver la tierra perdida a su familia. Zéphyr, por su parte, conocía las virtudes de las plantas y en el centro de la colcha que bordaba dibujaba un país maravilloso.

Aquel otoño fue tan aciago que el leñador y su mujer murieron. Los niños temían el invierno, que se preveía más duro aún. Tuvieron que dejar la cabaña para escapar del frío y del hambre, pues pronto se verían aislados y, prisioneros de la nieve y del hielo, se quedarían sin leña ni víveres.

Un día Zéphyr fue a casa de su tío para herrar su caballo.

—Toma este podón de oro —le dijo su tío a Zéphyr—. Vais a

necesitar muchas fuerzas y esperanzas. Recoge muérdago para la fiesta de Yule del solsticio de invierno, que está próximo. Luego pide el amparo de los dioses y emprended el camino.

De regreso, Zéphyr cogió muérdago de un viejo roble. Lo puso a secar cerca del hogar y la noche de Yule lo molió. Tras la cena, cuando sus dos hermanos se durmieron, Zéphyr cogió el polvo y lo sopló a los cuatro vientos mientras cantaba: «¡Esto es polvo y dolor, yo quiero una tierra y un señor! ¡Que lo negro muera por el resplandor!».

Aquella noche ambos hermanos soñaron con hazañas gloriosas. Y con las primeras luces, arrastradas por los vientos de la llanura, se escucharon subir desde el valle las lamentaciones de las plañideras. Yor el Negro había muerto y la abatida región temía la codicia de Titán.

—¡Es hora de volver a ser lo que fuimos! Thot, tenemos que llegar a nuestra tierra, donde deben descansar nuestros padres —decidió Thor—. Esta vida retirada es para los que han dejado de soñar. ¡Vamos, hermano! Pronto tendremos un señor y una tierra.

Yor el Negro no había dejado sucesor y, desde todas las comarcas, los jóvenes llegaban al castillo para probar suerte en el combate. El más valiente de todos subiría al trono.

En un hermoso día, los hermanos abandonan el altiplano del gran bosque. Llevan la espada y el escudo paternos y el podón de oro.

Por el camino se cruzan con muchos jóvenes dispuestos a batirse, todos con el escudo de armas de su familia y el estandarte con los colores de su tierra. Los huérfanos, por su parte, esgrimen su valor. Siempre han vivido apartados y nadie les conoce. ¿Les aceptarán como sus iguales entre las filas de guerreros?

En pocos días será proclamado un nuevo rey. Thor y Thot tendrán su oportunidad. Zéphyr coge entonces el podón y corta la colcha bordada con primor: «¿Qué os parece este bonito estandarte? —pregunta a sus hermanos—. Necesitáis unos colores que defender». Acto seguido, fija el podón de oro en el escudo: «¡Será invencible, vuestra mejor protección!».

¡Ha llegado el gran día!
Las armaduras, los escudos
y las espadas resplandecen.
Los estandartes multicolores
brotan del impaciente
gentío, que vocifera
cuando los clarines anuncian
el comienzo del torneo.
Durante seis días los guerreros
se enfrentan por el poder...

Agotados, se rinden
uno tras otro. Como son
gemelos, Thor y Thot, se reparten
los combates sin que nadie pueda
distinguirles. Luchan uno tras otro y
pronto sólo les queda un duelo para la victoria. El séptimo día
Thor se enfrenta con éxito a su último adversario, el hijo del rey Titán.

—¡Viva Thor! —grita Thot.

—¡Viva el rey! —responde el gentío.

Como tributo al nuevo señor, su vecino Titán devuelve a Thor, en señal de paz, el territorio de sus antepasados.

Valsamiltán

Cuento e ilustraciones de Hélène Lasserre y Gilles Bonotaux

Los duendes domésticos, los elfos de las casas, son pequeñas criaturas difíciles de ver. En su mayoría bondadosos, a veces bromistas, actúan muy cerca de los hombres con más frecuencia de la que imaginamos.

Valsamiltán pertenece a ese mundo en miniatura y casi invisible que interviene muy a menudo en el destino de los humanos. Se trata del rey de las clepsidras, el príncipe de los péndulos, poseedor del poder mágico de viajar a través del tiempo… pero sólo cuando es necesario.

¡Y en aquella ocasión lo era!

Théo, que acababa de cumplir siete años, lloraba a lágrima viva en su cuarto: ¡su padre había vuelto a regañarle!

—¡Estás distraído en el colegio, no escuchas a tu maestro y no haces más que tonterías! A tu edad, yo era aplicado, obediente y trabajador. Sube a tu cuarto. Mañana seguiremos la charla.

Era bien entrada la noche cuando Théo, que todavía no se había dormido, escuchó un inesperado ruido. Entre una nube de humo vio aparecer, sobre el hombro de su osito de peluche, a un gracioso hombrecillo.

—¡Hola, Théo! ¿Tienes problemas? Aquí está Valsamiltán para aliviar tus penas.

Cuando se repuso del susto, Théo se atrevió a mirarle:

—Pero ¿quién eres?

El duende y Théo tuvieron entonces una larga conversación. El pequeño se enteró así de que Valsamiltán era un «inspector de niños con dificultades pasajeras», tal y como ponía en su tarjeta de visita. Le regaló una pequeña cantimplora llena de un líquido que tenía el poder de transportar a Théo al pasado en un periquete.

Théo se bebió la poción y apareció frente a su colegio: era el mismo, pero no del todo. Faltaba el aparcamiento asfaltado y en su lugar había una casita con un jardín. En el patio del recreo, Théo no pudo ver el rocódromo, y las rayuelas, en vez de estar pintadas en el suelo, estaban dibujadas a tiza.

—No te preocupes, todo es normal. Me quedo aquí metido en tu cazadora —murmuró Valsamiltán.

Como no estaba en su época, Théo no conocía a ningún niño del colegio. Sin embargo, le pareció reconocer algunas caras:

el pelirrojo con pecas que repasaba la lección en una esquina le daba un aire al farmacéutico con el que solía cruzarse. ¿Y acaso el gordito que devoraba un cruasán no era el panadero del barrio?

—¿Tú eres el nuevo? —le preguntó un niño que se parecía mucho a Théo—. Ya verás, conmigo no te vas a aburrir. Soy el rey de las bromas —dijo con cara de pillo.

Los niños volvieron al aula y Théo se sentó al lado de su nuevo amigo.

—Théo, ¿le has reconocido? Ese niño es tu papá —le susurró el duende, que se había camuflado en su estuche.

A Théo la mañana se le pasó volando con las divertidas trastadas de su padre: bolitas babosas de papel mascado lanzadas contra el techo en cuanto el maestro se daba la vuelta, dibujos por los márgenes del cuaderno y, como guinda, un cero en dictado. ¡Aquello sí que era una sorpresa! ¡Quién habría dicho que un padre tan serio podía haber sido tan travieso con siete años!

En el comedor, el padre de Théo organizó con unos cuantos compinches un deporte prohibido: lanzamiento de guisantes. Y en el recreo, no dejaba en paz a las niñas.

«Pero ¡cómo se pasa! —pensaba Théo—. Y luego me dice que me comporte bien en la mesa y que no fastidie a mi hermana…»

—Es porque ahora es un adulto y lo ha olvidado —le explicó Valsamiltán, que leía los pensamientos—. Así son los mayores: siempre quieren dar ejemplo a sus hijos.

¡Ejemplo! Por ahora el papá de Théo no era precisamente uno muy bueno; tanto era así que el maestro se hartó y le mandó un castigo que tendrían que firmar sus padres. A la salida del colegio, el padre de Théo ya no se hacía el listillo.

—¡Esta noche se van a llevar un disgusto en casa! ¡Mi padre es muy estricto!

Los dos nuevos amigos se separaron entonces. Théo comprendió que el padre de su «compañero-papá» era su abuelito, que no tenía nada de estricto, salvo cuando le tiraban del bigote.

—Ya es hora de que vuelvas al presente —le dijo Valsamiltán a Théo—. Yo iré a ocuparme de tu padre como he hecho contigo.

A la mañana siguiente Théo se despertó en su cama. ¿No habría sido todo más que un sueño? Todavía se estaba haciendo la pregunta mientras terminaba su cuenco de cereales cuando su padre, antes de irse al trabajo, le acarició el pelo y le dijo:

—Bueno, vamos a hacer borrón y cuenta nueva con lo de ayer.
¡Hasta esta noche, hombrecito!

Cuando Théo llegó al patio del recreo, vio a un chico nuevo…
que se le parecía mucho.

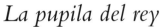

La pupila del rey

Cuento ilustrado por Pauline Vannier

Érase una vez un rey que vivía feliz en su palacio, pues sus súbditos le amaban por la justicia con la que gobernaba el país. El rey vecino era amigo suyo y solían visitarse con frecuencia. Este rey era viudo y tenía una única hija a la que amaba más que nada en el mundo.

Sin embargo, un día se puso muy enfermo y comprendió que su fin estaba próximo. Mandó llamar a su amigo, el rey vecino, para hablarle en su lecho de muerte.

Cuando su amigo estuvo a su lado, el rey moribundo se despidió de él encomendándole a su hija. El amigo prometió llevarla a su palacio, como su pupila, administrar sus bienes y encontrarle un buen marido. Y cuando el rey entregó el alma, su amigo acogió a la huérfana en su palacio y la crio con sus tres hijos, que querían mucho a la joven y hermosa niña.

Un buen día, por su cumpleaños, el rey anunció a sus hijos que podían formular un deseo. Lo cumpliría en la medida de sus posibilidades. El primogénito se presentó el primero, le deseó un feliz cumpleaños a su padre y, cuando el rey le preguntó cuál era su deseo, respondió: «Padre, ¡deme a su pupila por esposa!». Sin embargo, apenas hubo pronunciado la frase, el mediano entró en la sala del rey, felicitó a su padre y le dijo que su único deseo era casarse con su pupila.

Tras reflexionar unos instantes, el rey les dijo que sería la princesa la que decidiría a quién quería por esposo.

En éstas, el benjamín de los hermanos hizo su entrada, felicitó a su padre y añadió: «Padre, déjeme casarme con su pupila, es mi único deseo». El rey suspiró y dijo: «Hijos míos, la princesa sólo puede

tomar a uno por marido. Id a recorrer el mundo durante un año
y el que de vosotros traiga el regalo más valioso conseguirá la mano
de la princesa».

Los tres príncipes mandaron
así ensillar sus caballos y se
despidieron de su padre,
que les aprovisionó de
dinero y joyas. Antes
de separarse, los tres
hermanos acordaron
reencontrarse
bajo el gran
roble que se hallaba
en las lindes del reino.
Cada uno tomó luego
un rumbo distinto.

El primogénito atravesó
una treintena de países y vivió

numerosas aventuras, hasta que por fin consiguió, no sin esfuerzo, un espejo mágico. Se lo dio un rey. El espejo tenía el poder de hacer aparecer a la persona en la que se pensaba, tal y como estaba en ese preciso momento. En cuanto tuvo el espejo en sus manos, lo miró y vio a su padre charlando con su pupila mientras la princesa bordaba.

El segundo de los príncipes también viajó a lugares remotos y países exóticos. Tuvo la suerte de salvarle la vida a un señor de alta cuna y, como recompensa, le regalaron una alfombra mágica. Si te sentabas en ella y pensabas un lugar al que viajar, te transportaba allí al instante.

El más joven también atravesó muchos países, pero, a pesar de sus esfuerzos, no encontró nada que valiese la pena llevarle a su padre. Descorazonado, abatido por la idea de su infortunio, ordenó a su caballo dar media vuelta para llegar a tiempo a la cita bajo el gran roble. Cabalgaba cabizbajo, con el corazón apesadumbrado por volver con las manos vacías, cuando una anciana le paró para pedirle limosna. Se apiadó de ella y le dio todo el dinero que le quedaba en la bolsa.

—Gracias —le dijo la anciana—. Tienes un gran corazón, joven. Pero veo que está lleno de pesar. Anda, coge esta manzana y guárdala bien: posee un poder mágico. Aunque esté al borde de la muerte, el que la muerde recobra en el acto la salud.

El príncipe se alegró mucho de recibir algo tan valioso para ofrecer a su padre. Cuando alzó la vista para darle las gracias a la anciana, ésta había desaparecido.

Aunque el príncipe puso su caballo al trote, cuando llegó bajo el roble, sus hermanos ya le estaban esperando. El primogénito les enseñó su espejo mágico, pero, al mirarlo, se puso pálido y se le cambió la cara: «Pero ¿qué veo, hermanos? ¡Nuestro padre el rey está gravemente enfermo, rodeado de médicos, y la princesa está hecha un mar de lágrimas junto a su lecho!».

El segundo príncipe desenrolló al instante la alfombra mágica y les dijo a sus hermanos: «¡Rápido, sentémonos, hay que darse prisa!». Y apenas hubo terminado la frase los tres hermanos se encontraron en el umbral de los aposentos paternos. Entraron juntos y el más joven de los tres rogó a su padre que mordiese la manzana. En un abrir

y cerrar de ojos, el rey recobró la salud, como si nunca hubiese estado enfermo.

Abrazó a sus tres hijos y ordenó un gran festín para celebrar su regreso y la milagrosa cura.

Estuvieron festejándolo durante tres días y, a la mañana del cuarto día, los tres príncipes se presentaron ante el padre y le rogaron que tuviera a bien decidir quién de los tres le había llevado el regalo más valioso y quién ganaría, por tanto, la mano de la princesa.

—Queridos hijos míos —dijo el rey—, no sé qué deciros. El espejo mágico os mostró que me encontraba al borde de la muerte, la alfombra mágica os trajo a tiempo, pero sin la manzana mágica, ¡no habríais podido salvarme! Creo que debo imponeros una nueva prueba. Buscad una respuesta a este enigma: ¿qué es lo que se hace oír a mayor distancia? Reflexionad hasta mañana y venid entonces a darme vuestras respuestas. Juzgaré con equidad cuál es la mejor. Retiraos.

Al día siguiente los tres hermanos se presentaron una vez más ante el padre. El primogénito fue el primero en hablar:

—Es el gallo. Por la mañana el canto del gallo se escucha a gran distancia.

—Cierto, se le escucha desde bien lejos —dijo el rey—. Y tú, el mediano de mis hijos, ¿qué me dices?

—El trueno es lo que se escucha a mayor distancia.

—Es cierto que el trueno se escucha desde más lejos que el canto del gallo —dijo el rey. Dirigiéndose al más joven, le preguntó—: Y tú, mi benjamín, ¿qué puedes decirme?

—Creo que una buena reputación resuena a gran distancia, padre —respondió con resolución.

—¡Pues sí, hijo mío! —exclamó el padre—. Una buena reputación se expande a miles de leguas a la redonda, se puede escuchar incluso siglos después de la muerte del que la obtuvo. Considero que la tuya es la mejor respuesta y que, por justicia, la mano de la princesa te pertenece.

Los dos hermanos mayores no pudieron por más que considerar justo el juicio del padre. La boda no tardó en celebrarse y, así, el príncipe y la joven (entre tanto hombre, no le habían dado importancia a los

gustos de ella, pero por suerte
prefería al más joven),
la pareja, como decía,
regresó a las tierras
de las que la princesa
era la heredera.

Los dos hijos
mayores se quedaron
junto a su padre y,
tras la muerte del viejo
rey, siguieron reinando
juntos, siempre
de acuerdo
en todo, hasta
el fin de sus
días.

Los siete hermanos

Cuento ilustrado por Jérome Brasseur

Érase un hombre que tenía siete hijos. Cuando ya no pudo cubrir sus necesidades, les puso al servicio del rey.

Los siete muchachos, vigorosos, amables y bien educados, cayeron en gracia al rey, quien les convirtió en su guardia personal. Le acompañaban allá donde iba, salvo a la habitación de su hija.

La princesa era muy hermosa. Tenía una larga melena dorada y una mirada pura y diáfana como un cielo de verano. El rey, que adoraba a su hija, albergaba la esperanza de que algún día un valiente y honesto príncipe le pidiese su mano. Le cedería en el acto su corona, pues se sentía viejo y cansado y no tenía ningún hijo varón para sucederle.

Una noche el viento empezó a soplar. Resonaban puertas y postigos. Cuando la princesa se acercó a la ventana para cerrarla, un nubarrón negro se coló en el cuarto y se elevó hacia el cielo con ella dentro.

Desesperado, el rey anunció que ofrecería una gran recompensa a quien le dijese hacia dónde había ido la nube.

A la mañana siguiente la muchedumbre se agolpaba a las puertas del palacio.

Unos dijeron que la nube volaba hacia el bosque, otros, que hacia el reino vecino, e incluso hubo quienes aseguraron que había caído en el lago.

—Siempre me habéis servido con lealtad —le dijo a su guardia personal—. Encontrad a mi hija o moriré de pena.

Los hermanos cabalgaron por las vastas llanuras, preguntando a todos con los que se cruzaban si habían visto el nubarrón, pero nadie sabía nada. Cierto día se toparon en el bosque con un anciano encorvado bajo el peso de un atado de leña.

—Pesa demasiado para usted —le dijo Pierre, el benjamín—. ¡Déjeme! Yo llevo la leña, monte usted en mi silla.

Los siete hermanos acompañaron al anciano hasta su casa. Al ver la indigencia en la que vivía, el mayor dejó discretamente varias monedas de oro en la mesa.

—Sois generosos y serviciales —dijo el anciano, que había visto el gesto—. Sé lo que buscáis y os voy a ayudar. Proseguid la marcha hasta un cruce de dos sendas: una lleva a la alegría, la otra a la pena. Si cogéis la segunda, llegaréis a la fortaleza donde vive el brujo que se llevó a la princesa. La ha hechizado y la ha convertido en estatua de piedra. Si alguno de vosotros logra besarla en la frente, salvará a la princesa.

Cuando los hermanos llegaron al cruce, dudaron:

—¿Por qué no disfrutar un poco antes de reemprender la marcha? —preguntó el mayor—. No creo que pase nada por retrasarnos un poco.

—Hemos cabalgado días enteros sin detenernos —dijo otro hermano—, descansemos un rato.

Todos estuvieron de acuerdo salvo Pierre, el benjamín, que, aunque no compartía la idea, siguió a sus hermanos por la senda de la alegría. Pronto llegaron a una posada. Bebieron buenos vinos, comieron ricos platos y sabrosos pasteles, rieron y cantaron.

Sólo Pierre, sentado en un rincón, no participaba de la algarabía general. No dejaba de pensar en la desdichada princesa petrificada. Los seis mayores, borrachos y atiborrados, se quedaron durmiendo con la cabeza sobre la mesa. Pierre se adormeció unos instantes. Cuando abrió los ojos, no comprendió inmediatamente lo que había pasado. Estaba en una cabaña destartalada, había ratones corriendo en todas direcciones y ¡sus hermanos habían desaparecido! Sólo cuando vio las seis piedras encima de la mesa supo que habían caído en la trampa del brujo.

—¿Por qué no hicimos caso del anciano? —gimió.

Solo y apesadumbrado, decidió intentar liberar a la princesa. ¿Recobrarían también sus hermanos su forma humana? Tomó la senda de la pena, toda recubierta de piedras; se le helaba el corazón al pensar que cada una era un ser humano. Por fin llegó a la altura de la fortaleza, donde le esperaba el brujo.

—Yo que tú daría media vuelta —se burló éste—, o sufrirás la misma suerte que tus hermanos.

—No me iré sin haber intentado liberar a la princesa.

—Como quieras —rio el brujo mientras le abría la puerta.

Lo llevó hasta una sala. Una pesada cortina de terciopelo colgaba del techo. El brujo la descorrió y aparecieron doce estatuas con la esfinge de la princesa, todas idénticas.

—Sólo una es la hija del rey —le explicó el brujo—, el resto son señuelos. ¡Si adivinas cuál es, podrás llevarla de vuelta a casa! Como estoy seguro de que no lo conseguirás, te prometo también devolverles a tus hermanos y a todos los jóvenes de la senda su aspecto humano. De modo que, ¡ándate con ojo!

Acto seguido, se dio media vuelta. Pierre se acercó a las estatuas y las observó con detenimiento. Todas despedían infinita tristeza.

—¡Ay, hermosa princesa! Si no te salvo, tu padre morirá…

De repente Pierre se fijó en un destello en los ojos de una estatua, como si asomase una lágrima. «Es ella», pensó, y la besó en la frente. Al instante la hija del rey recuperó su forma humana y le sonrió. Las otras once estatuas se convirtieron en polvo.

El brujo, encolerizado, tuvo que mantener su palabra y dejarles partir. Por el camino se encontraron con muchos jóvenes que no sabían cómo darle las gracias. En el cruce de las sendas, le estaban esperando sus seis hermanos, muy avergonzados, que le felicitaron por haber vencido al brujo.

El rey se puso tan contento de ver a su hija que lloraba y reía a la vez. Recompensó a los mayores haciéndoles caballeros y cubriéndoles de oro; al más joven, en cambio, le reservó el regalo más preciado: le ofreció la mano de su hija y su corona. Ambos jóvenes, que se habían enamorado a primera vista, nunca dejaron de quererse. Pierre gobernó con sabiduría y valor, sin decepcionar nunca a sus súbditos.

Astucias y travesuras

Cantaba en el diván

Cuento ilustrado por Emmanuel Saint

Éste no es un cuento corriente y moliente. Quien preste la debida atención aprenderá mucho; quien se duerma se lo perderá.

Érase una vez una pareja de ancianos que, en lugar de quererse como suelen quererse las parejas de cierta edad, no paraban de pelear. Un día, por ejemplo, en que la anciana recogía los huevos de su única gallina, su esposo le rogó así:

—Dame un huevo, abuela, de repente me han entrado unas ganas tremendas de comerme uno...

—Pues te tendrás que aguantar, abuelo —replicó su mujer, que añadió con sorna—: ¡Mejor será que mandes a tu gallo a que te busque uno! Total, es un inútil y no sirve nada más que para despertarme por las mañanas.

Naturalmente el anciano sabía a qué atenerse —¿cómo iba un

gallo a traerle un huevo?—, pero en ese momento estaba tan molesto y enfadado que cogió una vara y mandó a su querido gallo a recorrer mundo.

No penséis, sin embargo, que el animal se lo tomó a mal; como era más cabezota que los dos viejos juntos, se dijo así mismo: «¡Lo juro! ¡Si aquí no quieren mi quiquiriquí, me iré a cantar al diván del sultán!».

Por el camino se encontró a un zorro.

—¿Dónde vas, compadre? —le interrogó el pelirrojo animal con curiosidad.

—¡A una audición en el palacio del sultán!

—¿Puedo ir contigo? Tal vez te pueda ser útil —prosiguió el zorro, muy interesado.

El gallo no tenía nada en contra, de modo que le respondió:

—¿Por qué no? Escóndete bajo mi ala.

Y siguió su camino, con el zorro debajo del ala. Poco después se encontró con un lobo, que, como también quería ir al diván del sultán, se escondió bajo la otra ala.

Antes de llegar a Estambul, vieron por el camino un odre de cuero lleno de agua que les llamó desde lejos:

—Amigos, ¿no iréis por casualidad al diván del sultán?

—Así es, ése es nuestro destino —admitió el gallo—. Si quieres acompañarnos, monta sobre mi lomo.

Apenas se había acomodado el odre cuando una nube de abejas empezó a rodear al gallo y todas juntas silbaron con voz aguda:

—¡Llévanos contigo! ¡Llévanos contigo!

—¿Por qué no? Podré soportarlo. Haceos un hueco entre mis plumas —respondió el gallo, que siguió su camino con más dignidad aún, a pesar de que la cercanía de las abejas no gustaba ni al zorro, ni al lobo ni al odre.

Al llegar ante el palacio del sultán, el gallo se puso a gritar:

—Quiquiriquí, en la audición de palacio, mi voz no tiene rival.

Y ciertamente no lo tenía. Al oír el penetrante quiquiriquí, el soberano se revolvió en su trono, se volvió hacia el visir que estaba a su derecha, luego hacia el visir que estaba a su izquierda y preguntó en tono severo:

—¿Quién es ese voceador insolente? Metedlo con los gallos y los pavos, ¡se encargarán de él!

La orden se ejecutó en el acto; pero en el corral, el gallo sacó al zorro de debajo del ala y éste degolló a todas las aves. Luego volvió a escucharse:

—¡Quiquiriquí, en el diván del sultán, canto muy de mañana como dice el refrán!

Esta vez el soberano se enfadó de verdad:

—¡Que lo encierren en el establo! ¡A ver cuánto tiempo sigue con vida bajo los cascos de mis caballos árabes!

Pero en cuanto llegó al establo sacó al lobo de la segunda ala. Al verlo, los caballos salieron corriendo despavoridos; fue un milagro que, con lo asustados que estaban, no destrozaran todo el palacio y tirasen el trono del sultán. Entonces volvió a escucharse:

¡Quiquiriquí,
por muy sordo que estéis,
mi canto os juro que oiréis!

El sultán, encolerizado, llamó al cocinero y le gritó:

—¡No puedo permitirlo! ¡Enciende un fuego ahora mismo y asa a ese gallo verdulero!

El cocinero preparó un fuego y afiló su cuchillo. Pero en ese preciso instante el gallo abrió el odre y el agua se vertió y apagó las llamas. Mientras el cocinero y sus pinches limpiaban la cocina, nuestro héroe se presentó de nuevo ante el sultán. Tras una profunda reverencia, gritó así:

¡Quiquiriquí,
cuélgame de cada pluma
un huevo de oro!

—¡Te voy a dar yo a ti huevo de oro! —chilló el soberano, que se abalanzó sobre el pájaro insolente para retorcerle el pescuezo con sus propias manos.

¡Gran error! Ni siquiera llegó a rozar al animal porque las abejas empezaron a zumbar a su alrededor y se ensañaron con él.

—¡Gallito, bonito, ayayay! —gimió el sultán agitando desesperado los brazos—. ¡Te daré un huevo de oro por cada una de tus plumas, pero, por Alá, alíviame de este terrible mal!

¡Quiquiriquí,
mis queridos abejorros,
nos colmarán de oros!

cantó el gallo, y las abejas dejaron al instante de picar al sultán.

Acto seguido, el sultán mandó llamar a todos los orfebres de Estambul y les ordenó que hicieran huevos de oro y los colgaran de cada una de las plumas del ave.

Ni siquiera en el bazar se había visto nunca tanto gentío como aquel día, cuando nuestro rico protagonista salió del palacio con sus amigos. El zorro y el lobo iban abriéndole camino mientras las abejas zumbaban como advertencia, por si a alguien se le ocurría coger un huevo. Sólo el odre vacío se quedó en la cocina del sultán a la espera de ser rellenado.

Al amanecer el gallo llegó a su casa, cubierto de gloria. Ya de lejos se le oyó gritar:

¡Quiquiriquí,
un huevo de oro llevo
en cada una de mis plumas para ti!

El anciano salió a toda prisa de la casa, pero, al ver al gallo, se quedó paralizado. Cuando se recuperó, lo abrazó y lo acarició, feliz de haber recuperado al que tan amargamente había llorado.

Al momento la anciana apareció a su vez en el umbral y exclamó, pálida de la envidia:

—¡No te emociones tanto con tu gallo! Si yo mando a recorrer mundo a mi gallina, seguro que me trae huevos de oro dos veces más grandes, ¡ya verás!

Entre aspavientos, cogió a su querida gallina y la lanzó por encima de la cerca mientras le decía:

—No vuelvas hasta que encuentres un enorme huevo de oro.

Y en la cara de su perplejo marido dio un portazo con tanta furia que la choza retembló.

Pero una gallina no es más que una gallina. En vez de echarse al mundo, se escondió en el frambueso más cercano, donde nadie la veía. Se dedicó a picotear tan campante frutos y semillas, y allí estaría todavía si no fuese porque tuvo que poner un huevo. Esperó hasta el último momento, y ese día, cuando ya no aguantaba más, voló hasta un peral vecino y se puso a gritar como tenía por costumbre:

¡Cloc, cloc, cloc!

¿Dónde pongo el huevo?

¿Dónde pongo el huevo?

Como era de esperar, la vieja salió de la choza al instante. Al ver a la gallina, se colocó bajo el peral y desplegando sus faldas, dijo:

Aquí, gallinita mía,

pon aquí tu huevo de oro…

El ave no reaccionó. La anciana alzó la vista hacia las ramas y entonces algo cayó del árbol y, ¡plaf!, fue a darle en toda la frente, se le metió en los ojos y le cubrió las manos de una pestilencia asfixiante.

¿Qué era aquello? Por desgracia, el cuento no lo precisa. Hay quienes afirman que era un huevo normal y corriente, otros sugieren que era un huevo podrido, y hay incluso quienes dicen que de huevo no tenía nada. ¿Por qué, si no, se habrían reído tanto el abuelo y el gallo detrás de la choza?

La mujer del ondino

Cuento ilustrado por Vincent Vigla

En tiempos remotos vivía en el río Sava un ondino. Era muy grande, verde de cabo a rabo y más fuerte que cuatro hombres juntos. Nadie se atrevía a retarle. Tenía una casa de cristal en el fondo del río y deseaba una mujer con la que vivir allí. Día tras día, intentaba atrapar a las jóvenes de los prados cuando iban al río a hacer la colada, pero siempre lograban escaparse y refugiarse en la aldea.

Por fin un día consiguió atrapar a una. Era una huerfanita que se había perdido por las orillas del río y buscaba la senda a la aldea, donde le esperaban sus tíos. El ondino surgió del agua, la cogió por el brazo y, como tenía poderes mágicos, la hizo su prisionera.

Poco tiempo después celebraron la boda en el fondo del río. La joven se convirtió así en la mujer del ondino. Aunque él no se portaba mal y el sitio era bonito, le costaba acostumbrarse a la vida acuática. En lugar de vacas y ovejas, había que ocuparse de peces. Y cuando barría el salón, tenía que hacerlo de abajo arriba, como le había ordenado el ondino, para que los granos de arena se convirtiesen en oro y plata. No le faltaba de nada, pues el ondino traía del mercado todo lo que necesitaba. Pero, claro, ella tenía prohibido salir por su cuenta y la pobre se aburría porque añoraba la compañía de los humanos.

Aparte del ondino, no tenía con quien hablar porque los peces son mudos. Pensaba en sus tíos, que tan bien la habían cuidado. Un día, le imploró al ondino que les llevase unas cuantas monedas de oro cuando fuese a la aldea. El ondino cumplió su deseo con la esperanza de que le cambiase el humor y se mostrase más amable.

Los tíos se pusieron muy contentos, naturalmente, pero habrían preferido que la sobrina volviese con ellos. Como no tenían hijos, no sabían a quién dejar su granja.

Le pidieron al ondino que saludase de su parte a la joven y le suplicaron que le dijera que volviese.

Cada vez que el ondino iba al mercado, dejaba en el patio de los tíos un saco lleno de oro, plata, peces y perlas.

La joven, por su parte, buscaba una forma de escaparse. Un día trenzó una gran muñeca con juncos, la vistió con su vestido favorito y la puso ante los fogones. El ondino entró en la casa y oyó que su mujer le decía:

—En la puerta hay un cesto para que lo lleves a la aldea.

Sin pensárselo el ondino se cargó el cesto a la espalda. Le pareció más pesado que de costumbre.

—Les mima demasiado —masculló para sí, pero lo llevó.

¡No podía ni imaginarse que transportaba a su propia mujer!

Cuando llegó a la aldea, dejó el cesto en el patio de la granja. En cuanto se alejó, la joven salió de él y corrió a los brazos de sus tíos.

—¡Aquí estoy! ¡Nunca más os dejaré!

Entre tanto, el ondino regresó a la casa. Se sentó a la mesa y esperó el almuerzo. Pero no llegaba. Se acercó a los fogones, le puso una mano en el hombro a la cocinera y comprendió que su mujer le había engañado. Maldijo una y otra vez, pero ¿qué podía hacer? Fuera de su reino acuático no tenía poder sobre ella.

La joven se quedó en la aldea y, poco tiempo después, se casó con un joven encantador. Vivieron felices en la granja y nunca más volvió a pensar en las tierras que se extendían en el fondo del río.

En cuanto al ondino, se mudó a otro río y jamás volvió a la aldea.

Nadie le echó de menos…

El ladrón y el rey

Cuento ilustrado por Julien Delval

En un lejano país vivía antaño un rey muy sabio. Cierto día se dio cuenta de que desde hacía un tiempo le desaparecían joyas de la cámara del tesoro: primero fue una cadena de oro, luego un anillo, después un collar; ¡hasta el número de monedas de oro menguaba!

El rey, la verdad, no era ningún tacaño: «Tampoco me voy a arruinar», pensaba. Pero lo que le resultaba más triste era constatar que entre los habitantes del castillo había un ladrón.

Y como estos pequeños hurtos no cesaban, decidió que él mismo vigilaría el tesoro para sorprender al culpable.

Una noche se puso ropa vieja, se pegó un gran bigote negro bajo la nariz para que nadie le reconociese y se escondió en un oscuro rincón al fondo de la cámara del tesoro. Esperó la primera noche: nada. Una segunda noche: de nuevo

nada. Hasta que a la tercera noche oyó un ruido en la chimenea y al momento vio salir por el hueco al ladrón, que caminó de puntillas hacia la cámara del tesoro y la abrió con rapidez y destreza.

Rebuscó en el tesoro, escogió lo que más le gustó, lo envolvió con cuidado en un pañuelo y se lo metió en el bolsillo. Luego cogió una bolsa de entre el tesoro y se quedó con unas cuantas monedas; ató la bolsa y la devolvió a su lugar, cerrando la puerta con mucho cuidado.

A punto estaba de irse cuando el rey disfrazado salió de su escondrijo y le dijo a media voz:

—¡Salud, compañero! Espero que me hayas dejado algo.

El ladrón se llevó una gran sorpresa pero, al ver ante él a un hombre bigotudo vestido con harapos, le preguntó en voz baja:

—¿Tú también eres miembro de nuestro gremio?

El rey asintió.

—¿Y por qué no te has servido ya? Has llegado antes que yo, ¿no es así?

—No pude abrir la cerradura —mintió fingiendo tristeza el bigotudo.

El ladrón se rio para sus adentros:

—Ah, sí, ¡no es fácil ser ladrón! No todos pueden dedicarse a este oficio. No sólo hay que ser inteligente, ¡también hay que tener maña con las manos!

—¿Querrías tomarme como aprendiz? —le preguntó el rey.

—Ni en broma —le respondió el ladrón—. Este reino tiene ladrones para dar y regalar. Y además, cuanto más te miro, más comprendo que eres torpe y que no vales para un trabajo así.

—Permíteme entonces que te acompañe —suplicó el rey— para ver cómo trabaja un maestro. Tal vez aprenda algo.

—Bueno, de acuerdo —consintió el ladrón.

Y quedaron en verse al cabo de siete días en el mismo sitio.

Siete días más tarde, cuando el reloj del castillo daba las doce de la noche, el rey disfrazado y el ladrón se reencontraron ante la cámara del tesoro.

—¿Tienes una llave? —preguntó el ladrón al rey.

—Sí —respondió el rey agitando un manojo de llaves.

—¡Chis! ¡No hagas ruido! Anda, intenta abrir.

El bigotudo hurgó largo tiempo en la cerradura sin éxito, hasta que el ladrón intervino bruscamente:

—¡Déjame a mí! ¡Te voy a enseñar cómo se abre un tesoro!

—Creo que acabo de encontrar la llave que necesitamos —se apresuró a decir el rey, que introdujo la llave correcta en la cerradura. Ésta cedió y la puerta se abrió del todo.

—Vaya, vaya —dijo el ladrón satisfecho—, no eres tan torpe como parecías. Ahora coge lo que más te guste.

El rey disfrazado no vaciló un instante. Descubrió un saco que guardaba entre las ropas y lo llenó de joyas y monedas de oro. Se echó el saco a la espalda y se dispuso a partir.

—¡Espera! —exclamó el ladrón—. ¿Te crees con derecho a llevarte todo eso?

—Pero después lo repartiremos —le explicó el rey.

—¡A quién se le ocurre! Devuélvelo todo a su sitio, avaricioso —le ordenó el ladrón con severidad.

—¡Ni lo sueñes! Tendría que estar loco para hacer algo así —rio el bigotudo camino de la puerta.

Sus palabras hicieron montar en cólera al ladrón: éste se dirigió hacia el bigotudo y le abofeteó con tanta fuerza en ambas mejillas que se le cayó el bigote.

El ladrón estaba tan furioso que no se dio cuenta e increpó a su «colega» con estas palabras:

—¡Si sigues siendo tan codicioso, nunca serás un buen ladrón! ¡No tienes mesura! ¡Si todo el mundo hiciese lo mismo que tú, pronto nuestro rey caería en la ruina! Ya se rodea de bastantes personas que quieren quitarle el dinero: sus ministros, sus generales… ¡Vamos, devuélvelo todo a su sitio!

En ese momento la luna iluminó la habitación y el ladrón descubrió que su compañero no tenía ya el bigote negro. Miró con más detenimiento a aquel hombre vestido de harapos y de repente se echó a temblar: había reconocido al rey.

Pero el soberano era un hombre muy bueno y sabio. Sonrió al ladrón y le dijo:

—Me ha gustado mucho ver cómo defendías ante mí el tesoro real. Veo que lo cuidas bien, de modo que te voy a encargar de su custodia para siempre y, además, ¡te voy a nombrar primer ministro! Supongo que ahora mis ministros y generales no caerán en la tentación de robarme.

—Puede estar seguro, majestad —afirmó el ladrón haciéndole una reverencia al rey.

Y, efectivamente, desde el momento en que el rey confió la custodia del tesoro al ladrón, se acabaron todos los robos y la prosperidad creció en el país.

Y si alguien intentaba robarle al rey, aunque sólo fuese un poco, el nuevo primer ministro, que conocía todas las tretas de los ladrones, le descubría y le mandaba a la cárcel.

No hubo desde entonces ladrón alguno en todo el reino.

Las diez ocas desplumadas

Cuento ilustrado por Pauline Vannier

Érase una vez un rey muy sabio que no se contentaba con los consejos de sus cortesanos. Aunque se rodeaba de nueve ministros, quería ver con sus propios ojos cómo vivían sus súbditos. Así fue como un buen día, tras vestirse con ropas corrientes, dejó el castillo. Siguió un tiempo por un camino que le llevó directamente al campo. Allí un viejo labrador muy encorvado araba su parcela, justo en la linde de un bosque. Cuando llegó hasta él, el soberano entabló conversación:

—Es usted ya muy mayor para una labor tan dura, abuelo. ¿Qué edad tiene?

El anciano se detuvo, estiró la espalda y respondió con una sonrisa:

—Buenos días, señor. Tiene usted razón, soy muy viejo: nací en ese año extraordinario cuyas cifras pueden leerse del revés sin que cambie la fecha.

El rey intentó resolver el enigma, pero no lo logró.

—¿Por qué sigue trabajando tan duro a su edad? ¿No tiene quien le ayude? —volvió a preguntar.

—Tengo descendencia —respondió el anciano—, pero ahora tienen que trabajar para otro.

El soberano pensó en su fuero interno que aquel hombre era un pícaro empedernido, pues nunca respondía directamente a sus preguntas. Decidió entonces seguir poniéndole a prueba:

—¿Y qué me dice de su par?

—Sólo me sirve para las cosas de cerca, no puedo ir muy lejos con él —respondió el anciano, todo sonrisas.

—¿Y sus treinta y dos? —prosiguió el rey.

—Los muy canallas me han abandonado uno tras otro. Ya se han largado veintiocho —concluyó con tristeza.

—¿Y sus dos caballos? ¿Todavía tienen fuerza para tirar de la carreta?

—Todavía se las apañan, noble señor; pero, aun así, están al borde de sus fuerzas. Por eso el otro día fui al bosque a buscar otro. Entre los tres tiran mejor.

El rey continuó al punto:

—Es usted astuto, abuelo. Y si le envío nueve ocas, ¿sería capaz de desplumarlas en un día?

—¡Por supuesto! —contestó el campesino, esbozando una gran sonrisa—. Me conozco bien. Mándeme una decena, que son más fáciles de contar: antes de que se ponga el sol habré terminado. Vivo allí abajo, pasado el bosque.

El anciano
se despidió entonces
del soberano y empuñó
las riendas. Pero el rey
volvió a llamarle desde lejos:

—¿Y qué es lo que
más falta le hace en estos
momentos, abuelo?

El anciano detuvo
la carreta, alargó los brazos
hacia arriba y movió los dedos.
El rey le miró sin comprender.
En cuanto volvió al castillo,
sin embargo, convocó a sus
nueve ministros y les relató
el encuentro. Les contó
las extrañas preguntas y las
respuestas aún más extrañas

que había intercambiado con el anciano y les pidió que se las explicaran. Los ministros reflexionaron, discutieron, riñeron, pero en vano.

El rey, encolerizado, resolvió llevarles a todos al día siguiente a casa del viejo labrador, para que éste les diera una buena lección. Con su sencilla lógica de campesino, les explicaría todos los enigmas.

Al día siguiente por la mañana, el anciano recibió en su casa a los nueve ministros y al monarca. En realidad, a pesar del disfraz, la víspera había reconocido a su rey, y ahora, sin vacilar un momento, tomó la palabra:

—Lo primero que me preguntó Su Majestad fue mi edad. Nací en un año

excepcional, cuya cifra se lee igual del derecho y del revés: se trata de 1691.

Al escuchar esta respuesta, todos los ministros profirieron exclamaciones de asombro.

—Después, el soberano me preguntó por qué mi descendencia no me relevaba del trabajo. Le respondí que estaba empleada con otros. Y en efecto, tengo dos hijas casadas que trabajan ahora para sus maridos. ¿Y saben ustedes en qué pensaba el rey cuando me preguntó por mi par? Quería saber cómo andaba de la vista. Le respondí que de cerca todavía me servía, pero que de lejos me costaba más.

—¿Y esos treinta y dos? —inquirió de nuevo el rey.

—Ésa es fácil, pensaba en mis dientes, señores; que no me quedan más que cuatro, porque los otros, los muy canallas, me han abandonado. —El anciano abrió la boca de par en par para convencer a sus visitantes—. Por último, su majestad quiso saber si mis dos caballos todavía podían tirar de mi vieja carreta. Pensaba en mis dos piernas fatigadas. Le respondí que había cogido un tercer caballo del bosque: este bastón nudoso en el que me apoyo. Mi vieja carreta, es decir, mi cuerpo, logra así todavía ir de un lado para otro. Al final, cuando ya partía, Su Majestad me preguntó qué era lo que más falta me hacía en ese momento. Pero mi voz es débil, y a esa distancia no me habría oído; por eso extendí los brazos, los llevé hacia el cielo y moví los dedos. Ustedes mismos lo habrán comprendido solos, nobles señores: pensaba en la lluvia, que ha de regar mi trigo. Eso es todo lo que nos contamos ayer. ¿Está satisfecha Su Majestad? —concluyó el anciano volviéndose hacia el rey.

Como cabría esperar, el rey estaba satisfecho, sobre todo ahora que sabía lo que significaban los gestos finales. Y como él también era ingenioso, se volvió hacia sus ministros y les ordenó así:

—Ya han escuchado las preguntas y las respuestas que intercambié ayer con este sabio. No han adivinado ni una, cosa bastante lamentable. En consecuencia, les pido que cada uno le dé a este sabio anciano diez monedas de oro. ¡Y aprisa! ¡Ya le hemos retrasado demasiado en su trabajo!

Los ministros hurgaron de mala gana en sus bolsas y cada uno puso diez monedas de oro sobre la mesa.

—Voy a redondear la suma —añadió el rey, que tampoco tenía la conciencia muy tranquila, y dejó sobre la mesa toda su bolsa; aunque no estaba del todo llena, tenía un bonito bordado.

El anciano se inclinó ante los señores y al cabo guardó el dinero en un cofre mientras murmuraba para sí:

—¡Nunca pensé que diez ocas pudiesen dar tantas plumas!

El gallo del rey

Cuento ilustrado por Emmanuel Saint

Conozco un palacio de piedra blanca, rodeado por murallas blancas, en el que antaño vivió un rey. A los pies de las murallas, un pueblecito. En el pueblecito, hombres, mujeres, niños, perros y gallinas. Y entre las gallinas, un gallo, un cándido redomado. Cantaba de sol a sombra, y no conocía la melancolía. Y cantó mejor todavía cuando encontró, en el montón de las barreduras del castillo, un viejo pañuelo arrugado y sucio, anudado por las cuatro esquinas. ¿Qué había pues en aquel pequeño hatillo para que el gallo se alegrase tanto, el pico abierto de par en par? Lo clamó a los cuatro vientos:

—¡Quiquiriquí, tengo un caudal, soy rico!

Todos los que por allí pasaban lo oyeron. Y el soberano, que volvía de cabalgar, también lo escuchó y se dijo: «¡Qué desperdicio de dinero, en manos de un gallo tonto!».

Mandó entonces a un criado que le quitase el famoso hatillo.

El gallo observó con un ojo al criado, y con el otro le escudriñó. No iba a pelearse con él, por descontado. Pero en cuanto el rey y todo su séquito desaparecieron por la puerta del castillo, llevándose el hatillo, el gallo se puso a gritar a pleno pulmón:

—¡Quiquiriquí, el rey está en la ruina, me ha quitado mi caudal!

Y todos los que por allí pasaban lo oían. La gente se paraba y reía. A lomos de corceles, entraban y salían del palacio visires y kanes y todos se asombraban: «¡Vaya, cómo está el rey si tiene que recurrir al dinero de un gallo! ¡Qué cosas!».

Al enterarse de que el gallo le estaba poniendo en ridículo, desde lo alto de su montaña de estiércol, el rey mandó a su criado que le devolviese enseguida el hatillo para tranquilizarlo.

El criado hundió en el estiércol sus zapatos, grandes como barcas, con la punta hacia arriba.

—¡Aquí tienes tu caudal! —le gritó al gallo, agitando el hatillo arrugado, en el que resonaban las monedas.

El gallo, cándido redomado, se puso muy contento. Contó sus monedas, no faltaba ni una. Feliz y satisfecho, se puso a pregonar:

—¡Quiquiriquí, el rey teme deberle dinero a un gallo!

Si sólo lo hubiese cantado una vez… Pero no, cantó lo mismo una y otra vez.

Era un nuevo motivo de diversión para los transeúntes, que se agolpaban en torno a la montaña de estiércol; y los kanes y visires que entraban o salían de palacio tenían cara de preocupación, o de malas intenciones. Se decían: «Los asuntos del rey van mal, muy mal. ¡Ahora le tiene miedo hasta a un gallo!».

También el soberano escuchó lo que proclamaba el gallo y se quedó sin aliento. Cuando lo recuperó, llamó a su cocinero y, rojo de cólera, le ordenó que le cocinase el gallo chillón para almorzar.

El soberano se regocijaba de antemano:

«¡Cuándo esté asado me dejará en paz de una vez por todas!», se decía.

El gallo, ese cándido redomado, sin imaginarse nada malo, cantaba y chillaba su quiquiriquí sin parar. A la gente, y a todo el que pasaba, le parecía estupendo, divertido. Cuando el cocinero lo cogió de la montaña de estiércol y se lo llevó bajo el brazo, el ave miraba a su alrededor, con curiosidad, y de camino a la cocina no dejó de proclamar:

—¡Quiquiriquí, soy el huésped del rey, da una fiesta en mi honor!

Tanto desde fuera del recinto como en el interior del palacio, una

vez más todos lo oyeron. Algunos sonreían, otros reían abiertamente. Los visires y los kanes se asombraron de nuevo. Se decían:

«¡En qué berenjenal se habrá metido el rey para tener que hacerle la corte a un gallo salido del estercolero público!».

El cantante ya está en la cocina; quizá sea el fin de todo su alboroto. El cocinero le corta el cuello al gallo, lo despluma y lo pone a cocer en una gran olla. El agua hierve agradablemente y el gallo,

tan tranquilo, se relaja, y cuando el cocinero va a ver el guiso, le grita, con tono altanero, desde el fondo de la olla:

—¡Quiquiriquí, te recomiendo que tú también te tomes un bañito caliente antes de comer!

El cocinero se queda boquiabierto. Los pinches y los marmitones se reúnen, estupefactos, en torno a la cacerola. ¡Vaya elemento este gallo!

Una vez cocido al punto, colocaron al gallo sobre una bandeja de plata, rodeado de menestra de verduras y cubierto de mantequilla fundida. Lo llevaron al comedor y pusieron la bandeja ante el rey con gran solemnidad. Listo para comer, el soberano cogió el tenedor. Debajo de él, el gallo le hizo un guiño amistoso y, bajo la bóveda del inmenso comedor, resonó su cántico de presentación:

—¡Quiquiriquí, te saludo, oh, rey! ¡Que siempre esté de buen humor!

—¡Es que no se va a callar nunca! —exclamó el rey, fuera de sí—. ¡Éste se calla, vaya si se calla!

A toda prisa cortó un trozo y, ¡hala!, se lo tragó. Y otro, y otro.

No se ahogaba, pero en cuanto un bocado pasaba por el gaznate del rey, se escuchaba de nuevo al entusiasta cantarín:

—¡Quiquiriquí, otra vez bajo por este tobogán sin fin!

Desesperado, el rey no sabía ya qué hacer. Se había comido casi todo el gallo y nada, el pajarraco infernal no paraba con su quiquiriquí. Miró a su alrededor con espanto.

—¿Dónde están los guardias? —gritó—. ¡A mí la guardia!

Aparecieron dos forzudos armados que se colocaron a ambos lados del rey, uno a la izquierda y otro a la derecha.

—¡Si vuelve a cantar, desenvainad! —ordenó el rey—. ¡Hacedle callar como sea!

La estridente voz del gallo no se hizo de rogar. En cuanto el último bocado bajó hacia el estómago real, desde las augustas profundidades se escuchó:

—¡Quiquiriquí, abrid la puerta que esto no me gusta!

Desenvainando con decisión, los guardias hundieron sus espadas en la barriga del rey, uno por la izquierda y otro por la derecha. El alegre gallo pegó un brinco, batió las alas y, tan campante, sobrevoló

el inmenso comedor real y salió por la ventana abierta, mientras cantaba con su voz de pregonero:

—¡Quiquiriquí, gracias y hasta luego!

Mientras tanto, los sirvientes y los criados, los visires y los kanes, se agruparon en torno al rey. ¡Qué lamentable estado!

El herrero sediento

Cuento ilustrado por Vincent Vigla

Un día el pequeño Helge llevó a pastar por el bosque a sus ovejas. Como no tenía nada mejor que hacer, se subió a un avellano y llenó la gorra de avellanas.

Luego se sentó en el suelo y empezó a abrirlas. Fue cascando y cascando hasta que descubrió una que tenía un agujerito.

—No, ésta no me la como, no sea que muerda un gusano. ¡Esta avellana, al diablo! —dijo el muchacho a media voz, y se dispuso

a tirarla. Pero de pronto vio que, frente a él, estaba el diablo, que le preguntó con voz de corderito:

—¿Qué es lo que querías darme, muchacho?

Helge, que no era ningún gallina, no le tenía miedo al diablo. Por el contrario, se puso a charlar con él:

—He oído decir, diablo, que eres capaz de hacerte tan pequeño que puedes por el ojo de una aguja. ¿Es verdad eso? Lo cierto es que me cuesta creerlo.

—¡Eso no es nada para mí! —presumió el diablo.

—Y pasar por el agujerito de la avellana, ¿te costaría mucho?

—Abre bien los ojos —le aconsejó el diablo.

Y se transformó en una cerda negra como las de las crines de los caballos y entró poco a poco por el agujero de la avellana.

En cuanto la cerda entró del todo, Helge tapó el agujerito con un trozo de madera, cogió la avellana y corrió directamente a la herrería.

—Maestro herrero —llamó desde lejos el niño—, por favor, ábrame esta avellana. ¡Yo no tengo bastante fuerza!

—Déjame ver —le dijo el herrero, que puso la avellana sobre el yunque y le pegó con el martillo.

El martillo, sin embargo, rebotó y la avellana se quedó de una pieza. El herrero volvió a golpearla, pero de nuevo la avellana salió ilesa.

—Me da la impresión de que usted tampoco va a poder —dijo Helge riendo.

—¡Calla! —se enfadó el herrero, y cogió un mazo más grande.

Golpeó con todas sus fuerzas, pero una vez más el mazo rebotó sobre el fruto como contra un globo. La cara del herrero se ensombreció.

—¡Pues sí que es resistente la avellana! —observó Helge.

El herrero, furioso, maldijo, cogió el martillo más grande que tenía en el taller y golpeó con todas sus fuerzas la dichosa avellana.

Se oyó entonces un ruido, como si hubiesen disparado un cañón: la mitad del tejado del taller salió volando, la casa tembló desde los cimientos y las ventanas se rompieron. Sobre el yunque, de la avellana sólo quedaba un montoncito de polvo negro.

El herrero dejó el martillo más grande en un rincón, se frotó las manos en el mandil de cuero y dijo:

—¡Hubiese dicho que la avellana tenía el diablo dentro!

—Es que lo tenía, ¡huele un poco el yunque! —le dijo Helge todavía riendo.

El herrero se acercó al yunque, lo olisqueó y se quedó de piedra. El montoncito de polvo negro —lo que quedaba de la avellana— despedía un fuerte olor a azufre, un hedor que, como ya se sabe, es propio del diablo.

El herrero montó entonces en cólera:

—¡Como vuelvas a venir con el diablo en una avellana, me voy a quedar sin techo sobre la cabeza! ¡Lárgate o voy a tener que darte tal paliza que vas a balar más que tus ovejas!

Helge no podía parar de reír. El herrero se enojó tanto que cogió el bastón y se fue hacia el niño. Pero Helge fue mucho más rápido que el herrero, que empezó a perseguirle. Fue una carrera enloquecida. Le dieron tres vueltas a la aldea hasta que al herrero le entró sed y, abandonando la persecución, fue a beber cerveza a la posada de la aldea.

Calmó su sed bebiendo una jarra tras otra de cerveza y, entre tanto, Helge tuvo tiempo de ponerse a salvo. Pero al calmar la sed, el herrero calmó también su mal humor y pronto dejó la posada. Sin embargo, en el umbral se encontró con un transeúnte que le dio una noticia que le devolvió la sed: ¡mientras él estaba en la posada, se había derrumbado lo que le quedaba de tejado!

Fantasmas, espíritus y demonios

El puente del diablo

Cuento ilustrado por Jérôme Brasseur

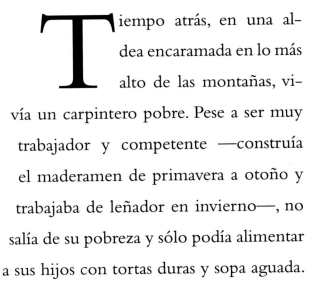

Tiempo atrás, en una aldea encaramada en lo más alto de las montañas, vivía un carpintero pobre. Pese a ser muy trabajador y competente —construía el maderamen de primavera a otoño y trabajaba de leñador en invierno—, no salía de su pobreza y sólo podía alimentar a sus hijos con tortas duras y sopa aguada.

Cierto día un furioso torrente de agua se precipitó por la montaña. Arrastró el puente con él y la aldea se quedó aislada del resto del mundo.

El señor del lugar fue enseguida en busca de nuestro carpintero y le dijo:

—Necesitamos un camino para llegar al valle. Dentro de poco es el mercado de la ciudad y debemos ir sin falta. Si consigues construir otro puente en tres días, recibirás cien monedas de oro.

—¡Señor, usted sabe que no es posible construir un puente en tres días! —exclamó el carpintero sacudiendo la cabeza.

—Te dejaré reflexionar —respondió el señor—. Cien monedas de oro es una bonita cifra. ¡Seguro que nunca has soñado con tener tantas!

—¡Sí que es verdad! —suspiró el pobre hombre.

Y cogió su grueso lápiz de carpintero para ponerse manos a la obra. Dibujó. Serró. Cepilló. En resumidas cuentas, hizo todo lo que había que hacer para construir un puente en tres días.

El tiempo pasó y el pobre hombre perdió la esperanza.

—¡Ay, este proyecto no puede ser obra humana, esto es más bien cosa del diablo! —rugió dando un puñetazo sobre la mesa. Apenas hubo pronunciado estas palabras, la puerta se abrió y apareció un hombre vestido de verde, con un sombrerito en la cabeza.

—¿Qué te tiene tan atormentado? ¿Puedo ayudarte? —le preguntó con una sonrisa—. Si quieres, el puente estará terminado dentro de tres días y todo el mundo te felicitará. ¡Te proclamarán el maestro de los maestros carpinteros! Por mi parte, no quiero nada a cambio salvo una promesa: ¡que el primero que venga de tu morada y atraviese el puente sea mío!

El carpintero palideció de miedo porque había presentido con quién se las estaba viendo. No podía ser otro que el diablo.

«Ahora tengo que entenderme con él —se dijo—, porque si no, se apoderará de toda la región y nos veremos en la miseria.»

—¡Hazlo a tu manera —exclamó de pronto—, pero que sea una obra bonita o lo pagarás caro!

En la mañana del tercer día, con el primer canto del gallo, un puente nuevo lucía sobre el río. Era bonito y recio, construido como para durar toda la eternidad.

En ese momento el carpintero salió de su casa llevando una cabra con una correa. Al verle, el diablo se regocijó pensando que iba a caer en su trampa y que pronto sería suyo.

—Voy a probar la resistencia de tu puente —le dijo el artesano, que soltó entonces la cabra, le dio una palmadita en el trasero y le ordenó—: ¡Ve!

El animal brincó alegremente y empezó a cruzar el puente.

—¡Puedes quedártela —gritó a pleno pulmón el carpintero—, es la primera que ha atravesado tu puente!

El diablo se retorció de cólera y quiso atrapar la cabra para que no atravesase el puente entero. Pero el obstinado animal llegó hasta él y empezó a dar vueltas a su alrededor, y el diablo, para pararlo, tuvo que cogerlo por la cola. La cabra enloqueció y tiró con tanta fuerza que al final la cola se quedó entre las manos del diablo; el animal terminó de atravesar el puente y se perdió por el prado. Ésa es la razón por la que, desde entonces, las cabras tienen una cola tan pequeñita.

En lo que respecta al carpintero de nuestra historia, recibió la recompensa prometida por construir el puente en tres días. Nunca nadie supo cómo lo había conseguido. Pero desde ese día ni él ni su familia volvieron a vivir en la miseria.

El castillo de Dama Fortuna

Cuento ilustrado por Jean-Louis Thouard

Éranse dos hermanos que no tenían más familia y vivían solos. Se ocupaban de la granja que les habían dejado sus padres. Un buen día, durante una fuerte tormenta, un rayo cayó sobre su casa. Los hermanos tuvieron el tiempo justo de escapar, pero la vivienda no era ya más que un puñado de cenizas.

—Aquí ya no tenemos nada que hacer —le dijo el hermano mayor al pequeño—. Será mejor que vayamos a probar suerte por el ancho mundo.

Partieron, pues, a la aventura. A veces les daban un trozo de pan a cambio de algún trabajo; en otras ocasiones, gentes de bien les ofrecían un plato de comida sin pedirles nada a cambio. Recorrieron el mundo a lo largo y a lo ancho, hasta que un día llegaron ante un bosque enorme. Detrás, en la cima de una montaña, había un extraordinario castillo ¡todo de cristal!

—Me gustaría saber a quién pertenece —dijo el pequeño.

En cuanto lo hubo dicho apareció ante ellos una aparición que les habló así:

—Ese castillo es mío. Yo soy Dama Fortuna y los que van a visitarme son felices hasta el fin de sus días.

—¡Entonces iremos a tu casa! —exclamó el mayor.

—Para ello tendréis que atravesar el bosque negro y escalar la abrupta montaña —dijo la dama—. Quien llegue el primero será el más feliz.

Dichas estas palabras, la mujer desapareció. Ambos hermanos se frotaron los ojos, preguntándose si habría sido un sueño. Pero el edificio de cristal seguía allí, centelleante con mil lucecitas en la cima de la montaña bañada por el sol.

—Juntos hemos atravesado el mundo y juntos iremos al castillo, así nuestra felicidad será la misma —propuso el pequeño.

Pero el alma del mayor no era tan pura:

—¡No, de eso nada! Cada uno tiene que conseguir la felicidad por su cuenta —dijo, mientras pensaba para sí: «Yo soy más fuerte y mis zancadas más largas. Seguro que llegaré antes al castillo y mi felicidad será mayor que la de mi hermano».

Ambos hermanos se pusieron en marcha, cada uno por su lado. El más joven escogió un sendero recubierto de musgo y el mayor, por uno pedregoso. El pequeño iba silbando mientras el mayor se decía: «Si tuviese un caballo, llegaría mucho más rápido. Así podría quedarme con toda la felicidad y no dejarle nada a mi hermano»...

Fue pensar en un caballo y ver uno bajo el árbol más cercano; un caballo blanco con una montura revestida de plata y largas patas de pura sangre.

El joven pegó un grito de alegría, se montó y partió al galope en dirección al castillo.

Entre tanto, su hermano pequeño avanzaba a duras penas. El sol se estaba poniendo y anochecía cuando por fin llegó al pie de la montaña. De pronto vio a su hermano, que espoleó su caballo y le gritó:

—¡Trepa, trepa!

«Parece que va a llegar el primero —se dijo el pequeño—. Me

da igual. No me importa que tenga más felicidad que yo, me contento con que me deje un poco.»

El sol se puso y cayó la noche: los dos hermanos tendrían que subir la pendiente en plena oscuridad. «El primero, voy a ser el primero», murmuraba el mayor espoleando el caballo. Pero, de repente, sintió que la montura ya no le obedecía y la silla se le escurría… En ese momento la luna surgió de entre las nubes y el hermano mayor se quedó mudo: ¡ya no cabalgaba sobre un corcel sino sobre un caracol!

Mientras tanto, por la otra cara de la montaña, el pequeño llegaba a la cima. Dama Fortuna le estaba esperando:

—Eres el primero y, por tanto, tendrás la mayor felicidad.

Abrió la puerta del castillo y, tras ella, apareció una casa, idéntica a la que había quedado reducida a cenizas por el rayo. Alrededor de la vivienda, se extendían los campos hasta donde alcanzaba la vista y, en la puerta, esperaba una hermosa joven con una tarta en una mano. El joven la cogió de la otra mano y entraron juntos a la casa.

Desde ese día vivieron felices, se ocuparon de su granja y tuvieron tres hijos.

El hermano mayor, por su parte, no pudo bajarse del caracol, que, apenas llegaba a la cima, volvía a deslizarse pendiente abajo. Había sido castigado por querer quedarse toda la felicidad para él solo. Quién sabe si algún día Dama Fortuna le perdonará...

Un espíritu malévolo

Cuento ilustrado por Bruno David

Todo el mundo sabe que si bien los diablos son espíritus, no por ello dejan de tener una personalidad propia, igualito que los hombres. Encontramos entre ellos a memos, que siempre se dejan engañar, a malvados, incluso a algún sanguinario; y son muchos los humanos que se han cruzado con esos diablillos maliciosos que se esconden bajo el atuendo del guardabosques.

Pero seguro que ninguno de vosotros habéis oído hablar nunca de un demonio tan cruel como del que vamos a hablar aquí.

Todo pasó hace mucho tiempo: una pobre chica entró al servicio de un señor y, como podéis imaginaros, fue con el sudor de su frente con lo que durante años se ganó el sustento.

Cierto día que volvía a su chamizo, ya anciana y agotada, vio en una encrucijada, cerca de una vieja encina, un gran caldero de hierro ennegrecido y con una gran asa.

«¿Quién habrá dejado aquí esta marmita?», se preguntó la vieja mirando a su alrededor.

Y al no ver a nadie, se dijo: «Será que alguien la ha tirado; la voy a coger para guardar las patatas...».

Pero cuál no sería su sorpresa al mirar en su interior: ¡estaba llena de monedas de oro!

—¡Dios bendito! —exclamó la anciana, que, atando rápidamente el pañuelo al asa, se fue corriendo.

Al poco tiempo tuvo que detenerse; no obstante, al volver a mirar, se dio cuenta de que ya no estaba llena de monedas de oro, sino de monedas de plata.

—¡Qué extraño! —murmuró—. Bueno, qué más da, con las monedas de plata tendré hasta el fin de mis días.

Reemprendió entonces la marcha, tropezando a cada paso por el peso, pero una vez más tuvo que detenerse. ¡Su sorpresa fue mayúscula al ver que en la marmita brillaban monedas de cobre!

Desconcertada ante semejante brujería, la vieja se quedó cabizbaja, pero al final dijo:

—Serán alucinaciones mías, puede que la fiebre me esté nublando la razón. ¡A ver si llego pronto a casa!

Reuniendo sus últimas fuerzas, cogió la olla y no volvió a soltarla hasta llegar a su chamizo. ¿Y qué se os ocurre que había dentro de la marmita? ¡Piedras, vulgares pedruscos!

La anciana se quedó estupefacta, no daba crédito a lo que veía. Con un gesto de resignación, concluyó: «Por lo menos me queda la marmita para guardar las patatas».

Con un último esfuerzo se puso a vaciar el recipiente pero, cuando quiso cogerlo, se le escapó de las manos. Y de repente desapareció por completo. En su lugar aparecieron unas piernas y unas manos peludas acabadas en pezuñas y garras, una cola lanuda y una cabeza negra de caballo con una oreja más grande que otra.

Resonó una potente carcajada.

—¡Puaj! —dijo la vieja santiguándose.

El demonio desapareció entonces en la bruma nocturna, pero su risa sardónica siguió reverberando mucho tiempo aún.

Ésta fue la jugarreta satánica que le gastó

un cruel diablo a una pobre vieja:
¿acaso un personaje así
no tiene su igual
entre los hombres?,
¿o me equivoco?

El alma de los ahogados

Cuento ilustrado por Julien Delval

Érase una vez un pescador llamado André que vivía en una pequeña cabaña en medio de las dunas, a orillas del mar del Norte, muy cerca de la ciudad belga de Ostende. Llevaba una vida feliz, la mar le proporcionaba alimento para su familia y, a pesar de que era desprendido con el dinero, de vez en cuando conseguía ahorrar algún que otro escudo.

Tal vez podría haber esperado de este modo, tan tranquilo, su vejez. Pero la fortuna no lo quiso así. André conocería una aventura realmente extraordinaria, de la que se acordaría el resto de su vida.

Todo empezó con una mala temporada de pesca. Durante días y días, semanas incluso, las redes de André no sacaron ni un triste pececillo. En vano navegó mar adentro más lejos que el resto, en vano probó suerte muy cerca de la orilla. Y, mientras tanto, los demás pescadores volvían con pescas milagrosas. En resumen, André estaba pasando por una mala racha, un auténtico período de infortunio.

¡Y si sólo hubiese sido eso! Al cabo de unos meses de mala racha, murió su esposa, y sus cuatro hijos la siguieron después a la tumba…

El desdichado no sabía ya a qué santo encomendarse. Erraba como un muerto viviente, no hablaba con nadie y se pasaba las horas sentado en la arena, en lo alto de una duna, contemplando el mar.

En cierta ocasión, al anochecer, justo en vísperas de San André, estaba sentado así, en su sitio preferido en la cima de la duna, contemplando cómo las olas se solapaban una tras otra e iban a romper con estruendo sobre la playa.

De repente se fijó en una llamita azul a cierta distancia en el agua. Después aparecieron otras que bailaban y saltaban en el mismo sitio. El pescador se frotó los ojos para asegurarse de que no se trataba de una alucinación.

No, no era un espejismo. André se acordó de que unos vecinos

le habían contado, hacía un tiempo, que cuando aparecían llamitas azules en el mar significaba que en ese sitio había un tesoro escondido.

«Pero ¿de qué me servirán esas riquezas, ahora que mi mujer y mis hijos han muerto? —se decía el pescador—. Que pruebe suerte otro, si le apetece…»

—No deberías ser tan desagradecido —dijo entonces una voz profunda que interrumpió las reflexiones del pescador.

André, muy sorprendido, se volvió. Vio a un gran diablo de rostro pálido que llevaba un atuendo impropio de la zona, botas altas y un gran sombrero negro que le tapaba media cara. Pero los ojos del extraño brillaban como ascuas ardientes y el pescador tuvo la impresión de que el calor le templaba los huesos.

—No me tengas miedo —le dijo—. Soy un espíritu y, como me llamo André igual que tú, me he apiadado de tu desdicha y he venido a ayudarte.

—¡Nada me falta ni nada quiero de ti! —replicó el pescador, que se santiguó a toda prisa.

El espantajo no paraba de reír:

—No me tengas miedo, no hay razón para ello. No soy un espíritu malo. Mira, te he traído un anillo mágico. Póntelo en el dedo a medianoche y métete en el mar, hacia donde arden las llamas azules. Pase lo que pase y veas lo que veas, mira solamente tres ollas puestas del revés. Dale la vuelta a la del medio y llévate todo lo que veas. Pero ¡te repito: no mires nada más y date prisa por volver a la orilla!

Al pescador todavía no le había dado tiempo de asimilar lo que acababa de ocurrirle cuando el diablo desapareció, como tragado por la arena de la duna. El anillo, que relucía en su mano, era la única prueba del encuentro.

Pero el pescador no tenía ninguna confianza en aquella extraña aparición. De modo que cuando el reloj de la iglesia de Ostende daba las doce campanadas, ya hacía un buen rato que dormía en su cabaña, pues había preferido olvidarse de todo.

Sin embargo, poco tiempo después, su situación empeoró. Para empezar, cayó enfermo. Pasó mucho tiempo en cama, completamente solo, semanas enteras, y cuando por fin se curó, su choza se vio reducida a cenizas.

Sin un céntimo en el bolsillo, sin tejado sobre su cabeza, nuestro pescador se convirtió en mendigo.

Ya había pasado un año de su aventura y ahora lamentaba amargamente no haber escuchado el consejo de la espigada aparición y haber tirado el anillo que le había dado.

Ese año, bien por casualidad, bien con la intención de ver si pasaba algo, en la víspera de San André nuestro pescador volvió a sentarse en la duna, delante del mar.

Y, en la superficie del agua, resurgieron las llamitas azules; y la silueta pálida y alargada también apareció, para ofrecerle a André otro anillo e incitarle a buscar el tesoro que le aguardaba. Esta vez el pescador le escuchó. El mar estaba agitado y había grandes olas, pero retrocedían ante André, hasta el punto de que llegó con los pies secos hasta una espléndida pradera verde, donde se levantaba una bonita casita.

Por el camino el pescador se cruzó con un chico y una chica que conocía de su juventud, y les llamó a gritos. Pero recordó entonces que llevaban mucho tiempo sin vida, pues se habían ahogado en el mar.

André se concentró
en la búsqueda de las tres
ollas de las que le había
hablado el espíritu. Sin embargo,
justo en el momento en que las vio
a lo lejos, en aquel mismo prado, la puerta
de la casa se abrió y en el umbral aparecieron su mujer y sus hijos.

Echó a correr lleno de alegría hacia ellos, pero en el último momento André recordó la advertencia del espantajo y, en vez de abrazarles, se apartó y fue corriendo hasta las ollas.

Levantó la olla de en medio y vio entonces sobre el suelo una bolsa de cuero. Sin perder un instante, cogió la bolsa y, apretándola bien contra sí, se apresuró a alcanzar la orilla tan rápido como le permitieron sus piernas.

¡Justo a tiempo! Los jóvenes, su mujer y sus hijos le perseguían chillando como posesos. Sus voces coléricas superaban el rugido del mar. Las olas le pisaban los talones al pescador, como si quisieran arrastrarle con ellas a las profundidades para siempre.

Y André corrió y corrió, hasta perder el aliento. Al borde de sus fuerzas, tropezó y pareció entonces que el mar se lo iba a tragar. Pero finalmente llegó a las dunas, fuera de peligro, y se sentó en su lugar preferido, con un gran suspiro de alivio.

Sólo entonces abrió la bolsa de cuero para examinar el contenido. Y sus ojos se vieron inundados por monedas de oro y piedras preciosas de mil colores, en un número incalculable.

A partir de esa noche, André llevó una vida feliz. Se compró una bonita casa en Ostende, se casó con una buena mujer y en todo lo que emprendió tuvo éxito.

Nunca olvidó a su benefactor, más delgado que una cerilla. Todos los años, en la víspera de San André, regresa a la duna, con la esperanza de volver a verle y darle las gracias. Pero no ha vuelto a ver ni al espíritu ni las llamas azules sobre el agua.

Juan Juanote en el infierno

Cuento ilustrado por Vincent Vigla

Érase una vez un hogar sin hijos. La mujer lo llevaba especialmente mal y, a menudo, decía entre suspiros que más valía un hijo tunante que ninguno. ¡No podía ni imaginarse que pronto su deseo se vería cumplido! Al poco tiempo trajo al mundo a un bebé regordete, un niño al que llamaron Juan, pero al que con el tiempo pronto le pusieron el apodo de Juan Juanote, porque era un niño enorme y fuerte como un buey. Con doce años era capaz de arrancar un abeto como el que arranca un hierbajo, para luego acarrearlo hasta la casa cual brizna de paja. Pero el apetito de Juan Juanote estaba a la par de su fuerza, y su padre, que era un modesto aparcero, no sabía ya cómo alimentarle. Al final, un buen día le dijo: «Juan, hijo mío, los tiempos son adversos, no logro ya ganar lo suficiente para alimentarte. Tendrás que ir a buscar fortuna a otra parte».

Juan Juanote preparó su hatillo sin protestar y partió hacia los caminos reales, en busca de un empleo con el que poder mantenerse. Encontró un puesto de mozo de labranza, pero al cabo de la primera jornada le despidieron por comer demasiado. Continuó la marcha y consiguió que le contratasen en un molino, pero esta vez previno al molinero: «Patrón, trabajo como siete, pero también engullo como siete». «No pasa nada, muchacho —le respondió el molinero—. El pan nos cuesta barato, y no creo que salga perdiendo porque has nacido para esta labor.» Sin embargo, antes de que acabase el día, Juan Juanote se había comido un quintal de pan, una marmita de sopa y un caldero de gachas de avena. «Te habrás quedado con hambre,

¿no?», le preguntó en broma el molinero, pero Juan Juanote le respondió que de buena gana se comería algo más. Untó una libra de mantequilla en un enorme mendrugo de pan y se lo comió como un zopenco. «De momento, está bien», declaró entonces, dándose palmaditas de satisfacción en la barriga. Pero la mujer del molinero puso un tono bastante agrio cuando le respondió que se alegraba de ver que se había quedado a gusto. Acto seguido, le reprochó al marido haber contratado a semejante glotón y le dijo que, al paso que iba, se comería la casa entera con ellos dentro. No dejó de insistir en el tema hasta que su marido, para poner paz, prefirió despedir a Juan Juanote. Aunque el pobre, desolado, no sabía adónde encaminar sus pasos, no tuvo más remedio que irse.

No había ido muy lejos cuando se encontró a un cazador que le preguntó: «¿Por qué pareces tan abatido, amigo?». Juan Juanote le explicó entonces su penosa situación: no lograba conservar ningún trabajo por culpa de su gran apetito, y tenía pocas esperanzas de encontrar un nuevo empleo, pues acababan de volver a ponerle de patitas en la calle por haber comido demasiado para el gusto de sus

patrones. El desconocido le hizo una oferta: «Ven conmigo, y si me sirves bien durante siete años, te daré lo que quieras como recompensa, lo suficiente para asegurarte el futuro hasta el fin de tus días».

Juan Juanote aceptó sin vacilar, incluso después de que el desconocido le revelase que era el diablo. El nuevo patrón llevó a Juan Juanote al infierno y le dijo que lo único que tenía que hacer era velar por que siempre hubiese un buen fuego bajo los calderos. Juan Juanote se pasaba el día corriendo de un caldero a otro echando leña, pero le resultaba un trabajo bastante fácil. ¿Qué era para él echar leña a la candela cuando podría haberse echado el infierno entero a la espalda? Pero al diablo lo que es del diablo: Juan Juanote comía todos los días lo que quería y nunca tuvo que escuchar una mala palabra.

De este modo siguió sirviendo al diablo, sin llevar la cuenta del tiempo que pasaba. Cuando creyó que ya habría pasado el primer año, ¡ya casi había terminado el plazo de los siete años! Sin embargo, justo al final de su contrato, pasó junto a un caldero de donde salía un lamento muy enternecedor. Preguntándose de dónde podía provenir, Juan Juanote levantó con cautela la tapadera y salió volando una palomita blanca. Se posó sobre su hombro y le suplicó: «Libérame, por favor. Te lo suplico, devuélveme la libertad». Juan Juanote, en cambio, le respondió: «Pero ¿qué va a decir mi patrón cuando vea que has desaparecido, paloma bonita?». «No temas, no se dará ni cuenta. Libérame y no te arrepentirás.» Cuando Juan aceptó, el ave le dio las gracias antes de irse y le dijo: «Tu tiempo también se ha cumplido, Juan Juanote. Pero te daré un consejo: no aceptes dinero del diablo; te diga lo que te diga, exige en pago por tus servicios ese viejo abrigo raído que cuelga de la puerta». «¿Cómo? ¿Quieres que reciba ese pingajo viejo por siete años de servicio?» «¡Tú haz lo que te digo, no te arrepentirás!», y entonces la palomita se despidió y se fue volando a la Tierra.

Poco tiempo después, el diablo fue a comunicarle a Juan Juanote que su contrato tocaba a su fin. «¿Qué deseas como pago?», le preguntó. Y Juan Juanote le respondió sin vacilar: «¡Aquel abrigo que cuelga de la puerta!». «¿El abrigo? Ah, no, Juan Juanote, no te lo daré por nada del mundo. Te daré un saco de escudos como tú de grande, pero el abrigo no.» Sin embargo, Juan Juanote le recordó al

diablo que según lo convenido tenía derecho a elegir su recompensa y que lo único que quería era el abrigo. Muy a su pesar, el diablo tuvo que cumplir con lo acordado.

Juan Juanote metió la mano en el bolsillo y la sacó llena de ducados. «¡Estupendo!», dijo con alegría. Le estrechó la mano al diablo, se despidió y puso rumbo a casa de sus padres.

El padre de Juan Juanote estaba fumando en pipa a la puerta de la casa cuando vio llegar a su hijo vestido con un penoso abrigo raído de arriba abajo. No pudo contenerse y le habló con enfado: «Pero ¡pedazo de alcornoque! ¿Siete años en el extranjero y no tienes nada mejor que traernos que esos andrajos? ¿Se ha visto alguna vez padre más desdichado por haber traído al mundo un hijo así?». A punto estuvo de echar a su hijo a patadas, pero Juan le dio una palmadita en la espalda riéndose, para calmarle, y le dijo: «Tranquilo, padre, pronto comprenderás que este andrajo, como tú lo llamas, vale más que todos los tesoros del mundo juntos».

Juan Juanote se dedicó entonces a reconstruir la casa de su padre y la de los vecinos, así como a edificar nuevas viviendas para los hijos en edad casadera de las tierras del rey. La gente estaba encantada, el rey, en cambio, se enfadó cuando le contaron lo que estaba pasando en ese rincón de sus dominios: «¡No voy a permitir que ese Juan Juanote se burle así de mi poder real!».Y envió a sus tropas a combatir y atrapar a Juan Juanote. Pero éste, en lugar de metralla, lanzó monedas de oro a los soldados, de modo que pronto toda la tropa se pasó a su bando y se convirtió en su ejército particular, mucho mejor pagado que cuando servía al rey.

Al enterarse, el rey envió contra Juan Juanote y sus tropas un nuevo ejército mucho más numeroso y mejor equipado en armas y municiones. Pero Juan Juanote roció a este ejército con tantos escudos de oro como gotas de lluvia hay en un aguacero, y al poco tiempo mandaba sobre todas las tropas del rey.

«Vaya —dijo el rey cuando se enteró—, voy a tener que cambiar de táctica. ¡Este chico orondo es capaz de quitarme hasta el trono!» ¡Así fue como envió a sus mensajeros a que le ofreciesen la mano de su hija! A fin de cuentas, era una gran idea: Juan Juanote estuvo encantado de convertirse en yerno del rey. Y con el tiempo hasta

se hicieron grandes amigos. La historia no cuenta qué le pareció todo esto a la princesa, pero ¡el diablo todavía se lamenta del día en que puso a Juan Juanote a su servicio!

Sabiduría y modales

El anciano mago

Cuento ilustrado por Céline Puthier

Un día, hace de esto mucho tiempo, un anciano canoso y bajito se paseaba por un frondoso bosque. Tocado con un gran sombrero negro deshilachado, en una mano llevaba un cántaro de barro y con la otra se apoyaba en un bastón nudoso. Quizá hubiese ido a buscar fresas o frambuesas, pero, al parecer, no tenía muchas ganas de cogerlas. Agotado por el calor, buscaba un lugar a la sombra donde descansar.

Llegó así junto a un gran tocón recubierto de musgo, se quitó el sombrero, se enjugó la cara empapada en sudor y se sentó.

Poco después, pasó por allí un joven campesino de una aldea vecina.

—Que Dios le bendiga —le dijo el anciano para saludarle.

Por toda respuesta el campesino masculló unas palabras entre dientes.

—Escuche, joven, tengo una sed horrorosa: ¿no habrá una fuente cerca, por casualidad? —le preguntó el anciano.

—No tengo ni idea. Búscala tú —le contestó el campesino, que prosiguió su camino.

El anciano suspiró y luego golpeó tres veces la tierra con su bastón nudoso y, acto seguido, el campesino se transformó en un bonito y robusto burro. Movió las orejas, sacudió la cola y rebuznó.

Un momento después apareció otro joven. A juzgar por sus ropas, debía de tratarse de un herrero. El anciano le saludó educadamente, se enjugó la frente empapada en sudor y le preguntó:

—¿No sabrás si hay por aquí una fuente o un riachuelo? ¡Tengo tanta sed…!

Sin dedicarle ni tan siquiera una mirada, el joven replicó:

—Pues si tienes sed, encuentra el agua tú solito. Yo, desde luego, no voy a ir a buscarla por ti, tengo cosas mejores que hacer.

El anciano volvió a suspirar y golpeó de nuevo la tierra tres veces con su bastón nudoso. En el acto, apareció un burro gris junto al primero. El animal removió la cabeza y, con un largo rebuzno, saludó a su vecino. Después ambos se pusieron a pastar los cardos que crecían a los lados del sendero.

Un tercer joven pasó por allí. A pesar de su débil constitución, llevaba a la espalda una gran hacha y una cuerda recia. Sonrió al anciano y le dirigió un saludo cristiano.

—Que Dios le guarde, abuelo. ¿Qué hace usted aquí? ¡Parece agotado!

—Te saludo yo también, hijo —respondió el anciano—. Es que hasta aquí en la sombra tengo calor, y la sed me atormenta. ¿No sabrás si hay agua por los alrededores?

—Aquí arriba, no lo creo. Pero al pie de la colina, seguro que encuentro. Deme su cántaro, que yo se lo lleno —propuso el joven. Y dejando sus útiles de leñador a los pies del anciano, cogió el cántaro y marchó deprisa hacia el valle.

Un buen rato después, volvió sin aliento y con el cántaro lleno. El anciano, encantado, le dio varios buches, se enjugó la boca y le dijo:

—Veo que has venido a por leña, pero no me pareces muy robusto. ¿Y si te presto esos dos burros? —El anciano le señaló los

animales y añadió—: No tengas miedo de cargarlos, están fuertes y bien alimentados.

—Acepto de buen grado su propuesta —le respondió el campesino—. Pero dígame dónde se los puedo devolver. Ni siquiera sé dónde vive.

—No te preocupes por eso —le contestó el anciano con una sonrisa—. Cuando llegues a tu casa, no tienes más que dejarlos en la puerta y pegarles en el lomo con una vara de avellano. Dales un buen varazo, ¡no te cortes! Ya encontrarán ellos solitos el camino.

El joven prometió al anciano seguir sus instrucciones y fue a por los burros. Se montó en uno, cogió al otro por el cabestro, los fustigó y se adentró en el bosque. Cuando se volvió para saludar una última vez al anciano, éste había desaparecido. «¡Vaya —pensó el leñador—, esa agua del manantial era realmente reparadora!»

Ya en el bosque cortó muchos árboles. Después ató los troncos talados, los cargó sobre los asnos y emprendió el camino de vuelta. Amontonó la leña en el patio, les dio de beber a los animales, que estaban rendidos, y los cepilló con un corcho. Acto seguido, fue a buscar en el cobertizo una vara de avellano con la que les dio unos buenos azotes.

Ambos animales rebuznaron doloridos y, ¡milagro!, se transformaron al instante en campesinos. Sin decir palabra, echaron a correr camino de sus casas profundamente avergonzados.

El joven se quedó mirándoles boquiabierto y se echó a reír: «¡Qué pillo el abuelillo! ¡Ha ido a elegir a los dos egoístas más grandes de la aldea para ejercer su magia, muchachos que nunca han levantado un dedo para ayudar al prójimo! ¡Se lo tienen merecido!».

Durante todo el invierno, cada vez que el campesino echaba un leño al fuego, esbozaba una sonrisa bonachona y pensaba: «¿Volveré a encontrarme a aquel abuelillo?».

Quizá… Y si no es así, seguro que utiliza su magia en otro cuento, para que las personas se vuelvan más atentas y amables las unas con las otras.

El ogro Gruñón

Cuento e ilustraciones de Éphémère

Gruñón habitaba en una vieja cabaña de piedra. Vivía solo en un bosque sombrío y se pasaba el día refunfuñando. Gruñón era un ogro, y tenía el carácter más horrible que imaginar se pueda. Todos los días se levantaba con el pie izquierdo, enfurruñado. Nunca nada era de su agrado.

—¡Vaya tiempo de perros! —decía cuando llovía.

—¡Otro día de calor asfixiante! —protestaba apenas el sol brillaba en el cielo.

Ni siquiera cuando el tiempo era perfecto, sin lluvia, sin brumas, soleado, pero no demasiado, con el frescor matutino justo para alegrar el día, dejaba Gruñón de refunfuñar.

—¡Ea, para un día al año que decido ir a esquiar, no hay nieve! ¡Es realmente increíble!

Como siempre estaba de mal humor, Gruñón no tenía amigos. A Gruñón no le gustaba nadie y a nadie le gustaba Gruñón.

Risueño era un elfo. No tenía casa. Vivía al ritmo de sus viajes y veía el mundo con bondad. Hubiese sol o lluvia, siempre estaba contento. Nada cambiaba su buen humor. Incluso en el peor de los infortunios, conseguía sonreír. Para él todo era maravilloso. A Risueño le gustaba la gente, y a toda la gente le gustaba Risueño.

A toda, salvo a Gruñón.

Un buen día Risueño se internó por un bosque sombrío, en el que hasta los pájaros callaban. Al poco tiempo llegó a una casa, una vieja cabaña de piedra. Sentado en un sillón, bajo el alero, el ogro le increpó.

—¿A qué vienes aquí, fisgón?

—Buenos días, voy recorriendo el mundo a la aventura. ¿Serías tan amable de ofrecerme tu hospitalidad por una noche?

—¿Y por qué iba a hospedarte en mi casa, si se puede saber?

—Para compartir unos momentos agradables con alguien desconocido. ¿Hay algo más delicioso que una velada al amor de la lumbre charlando ante un buen cuenco de sopa?

—¡Tú sueñas, amigo! ¿Te crees que voy a desperdiciar así como así mi sopa?

—Tengo unos cuantos champiñones en el zurrón. Si quieres, te puedo preparar una comida estupenda —respondió Risueño entrando en la cabaña.

—Eres un elfo muy descarado —soltó impaciente Gruñón—. ¿No sabes que puedo devorarte si quiero?

—¿No tendrás un poco de romero? —le preguntó Risueño, que ya estaba dorando los champiñones en una sartén.

—Pero…

—Ya está, un poco de estragón dará el apaño —prosiguió el elfo.

Estupefacto, Gruñón no supo qué responder. Y el aroma que estaba inundando la casa era tan apetitoso que decidió guardarse la cólera para más tarde. Como un autómata puso la mesa para dos, con dos vasos y una jarra de licor de fresno, y se sentó con Risueño a degustar la comida.

Los champiñones estaban deliciosos: era la primera vez que Gruñón encontraba a su gusto un plato.

Sin embargo, rápidamente su carácter mezquino salió a relucir:

—Venga, ya te tengo muy visto. No te creas que con estos champiñones te has ganado mi hospitalidad.

—¡Vamos, vamos, no te voy a dejar con todos estos platos! —le dijo el elfo—. No tengo por costumbre irme sin ayudar a limpiar lo que ensuciaba en casa de mi anfitrión, encima de que me invita.

Risueño fue a la pila y empezó a fregar la sartén y los platos.

El ogro estaba atónito ante el descaro del elfo, aunque así se ahorraba un fregado... Decidió ir a echarse una siesta bajo un árbol.

Un exquisito olor a carne asada despertó a Gruñón de buenas a primeras. Estaba anocheciendo. Se precipitó hacia la cocina y descubrió a Risueño, con un delantal enorme atado a la cintura, dándole vueltas sobre el fuego a un ave ensartada.

—¿Todavía estás aquí? —rugió el ogro—. ¿No tienes la sensación de ser una lapa? ¿Cuándo te vas a enterar de que no tienes nada que hacer aquí? Quiero estar solo, no quiero que nadie perturbe mi tranquilidad.

—Mientras dormías he ido a revisar tus trampas. ¿No quieres probar este sabroso faisán? Lo he hecho con mostaza y tomillo.

—¿Con mostaza? —se sorprendió el ogro, que adoraba las aves a la mostaza—. De acuerdo, pero después te largas de aquí.

De modo que compartieron el faisán. El ogro se mostraba cada vez menos insolente, incluso descorchó una botella de vino, de las que guardaba con celo para bebérselas él solo, siempre él solo. El elfo le enseñó un par de recetas de cocina y, para cuando acabaron de comer, había anochecido. Risueño se levantó y se despidió de su anfitrión.

—Bueno, muchas gracias, ogro, por haberme acogido todo el día, lo he pasado muy bien y ahora reemprenderé la marcha con el corazón feliz y el estómago lleno.

A Gruñón no se le ocurrió otra cosa que decir que:

—Cocinas muy bien, amigo. Buen viaje.

El elfo apenas se había alejado cuando Gruñón le llamó:

—Es noche cerrada, no puedes irte así por este bosque tan sombrío. Quédate a dormir y mañana sigues tu camino.

—Gracias, ogro, la verdad es que sí, el bosque está más negro que un tizón.

Y el elfo se instaló en el sillón bajo el alero.

A la mañana siguiente, Gruñón se sintió raro al levantarse.

Sus cejas no estaban fruncidas, como era habitual, y, de hecho, tenía hasta una ligera sonrisa en los labios. Estaba radiante. Hacía mucho tiempo que no se levantaba sin refunfuñar. Un fuerte aroma a café impregnaba la casa. Un olor a café y a tostadas. Cafetera, cuencos, leche, pan tostado, mantequilla, mermelada, compota, tortas, la mesa presentaba un fabuloso desayuno.

El ogro salió de la cabaña. Bajo el alero, el sillón estaba vacío. Hacía tiempo que había salido el sol y el elfo debía de haberse ido. Gruñón sintió un cansancio repentino. Todo su buen humor desapareció de golpe, como un frasco que se vacía. Lo había pasado tan bien el día anterior, en compañía del visitante invasor... Llevaba tantos años sin hablar con nadie. Se sentía tan solo, tan abandonado... Aquel sentimiento de abandono le entristeció tanto que se le humedecieron los ojos. Tenía un nudo en la garganta. Miró una vez más el sillón vacío y regresó a la cabaña. En la mesa el apetitoso desayuno se le antojó insípido. Ya no tenía hambre.

—Perdona, no encuentro el azúcar, ¿me puedes decir dónde lo guardas?

¡El elfo, era el elfo! Estaba en la cocina, no se había ido. Compartirían el desayuno. Y quizá un nuevo día.

El ogro se aclaró la garganta y retomó su tono cortante.

—En el azucarero, encima del aparador, ¡dónde quieres que esté!

Después de desayunar, el elfo se quedó a almorzar, y luego a cenar. Durmió en el sofá del salón, y unos días después se instaló en un cuarto.

Desde ese día, el ogro dejó de ser un gruñón. El elfo puso fin a su eterno viajar. Ahora ya tenía un techo donde cobijarse. La choza no volvió a estar triste y aislada, se cuenta que a veces incluso organizaban fiestas para sus nuevos amigos del bosque…

Una piedra más blanda que el plumón

Cuento ilustrado por Julien Delval

Érase una vez un joven que había aprendido el oficio de sastre. Sabía, por tanto, confeccionar un pantalón, una chaqueta o un abrigo. Con todo, decidió viajar para aprender otros métodos de cortar las telas. También contaba con ganar más dinero

en el extranjero y poder regresar así a su casa con una bolsa llena de monedas de oro para casarse.

Partió sin rumbo fijo, dejándose guiar por sus ojos y encaminándose allá donde le llevaban sus piernas. Un día llegó a un prado cubierto de piedras redondas como cabezas humanas.

El joven sastre se sentó a descansar y, de repente, apareció ante él un anciano. Tenía la espalda encorvada, la barba gris y la cara blanca y parecía moldeado en humo. El joven se asustó, pero fingió indiferencia y le saludó cortésmente.

—¿Te gusta mi prado? —le preguntó el anciano.

Al joven le parecía muy feo: tenía tantas piedras que no le hubiese gustado tener que segarlo. Pero, como el joven era muy educado y no quería disgustar al anciano, le contestó:

—Tu prado es muy bonito, la hierba parece terciopelo.

Apenas hubo pronunciado estas palabras, la hierba creció entre los pedruscos y se espesó tanto que de pronto parecía una hermosa alfombra. El anciano siguió haciéndole preguntas:

—¿Estás a gusto sentado en mi piedra?

La roca era dura y tortuosa, le hacía daño, pero, como no quería ofender al abuelo, el joven le dijo:

—Estoy muy a gusto. Esta piedra es más blanda que el plumón.

En cuanto lo dijo, la piedra se volvió tan blanda y cómoda como un cojín de seda.

El anciano sonrió:

—Pues si tan a gusto estás, llévatela contigo allá donde vayas. ¡Tal vez te dé buena suerte!

Tras estas palabras, el anciano desapareció. El joven sastre miró a su alrededor, pero ya no había nadie. Se levantó, cogió la piedra y, ¡oh, sorpresa!, era ligera como una pluma. El joven prosiguió su camino con la piedra bajo el brazo, hasta que llegó a las puertas de una granja.

Cuando salió el dueño, cuál no sería su sorpresa al ver que no le llegaba a la cintura. ¡Era un enano!

Cualquier otro se habría reído, pero el joven sastre era muy educado. Se inclinó y le dijo:

—¡Buenos días, noble señor! Recorro el mundo y sé coser muy bien. ¿Tiene usted necesidad de mis servicios?

—Necesitaría cien trajes —respondió el enano—, para toda mi familia y mis criados. Pero tendrían que estar terminados dentro de una semana.

—Si tal es su deseo, los tendrá listos al cabo de una semana. O por lo menos, lo intentaré.

Le dieron tela verde como el musgo. El sastre se sentó en su piedra y se puso a cortar el tejido. Con gran comodidad, cosió durante una semana, sin sentir ni hambre ni sed. Y confeccionó así los cien trajes.

—¡Has hecho un gran trabajo! —le dijo el granjero—. Te recompensaré como mereces. Te daré una moneda de oro por cada traje.

El joven se puso muy contento y le dio las gracias al enano cuando éste le entregó un cofre con monedas de oro. Después se despidió de su anfitrión. El viaje tocaba a su fin. Volvió a su casa, cortejó a una joven y se casó. Desde aquel entonces siempre se sentó, para trabajar, en la piedra blanda como el plumón, porque le hacía ir más rápido en su trabajo. Vivió feliz y sin preocupaciones toda la vida, gracias a su amabilidad y al cuidado que ponía en no disgustar nunca a nadie.

Una prometida muy sabia

Cuento ilustrado por Bruno David

Hace tiempo, en una aldea situada en lo alto de una gran montaña, vivía un sabio. Era tan sabio que las gentes atravesaban altas y remotas cumbres para ir a consultarle.

—¿Cómo es que no vives abajo, en la ciudad? —se sorprendían algunos.

—Cuánto más alto, más lejos ves —respondía el anciano—. En la ciudad, ni mi hijo ni yo tendríamos un momento de respiro. Los que de verdad nos necesitan saben encontrar el camino hasta nuestra casa.

El hijo de este hombre hacía esculturas en piedra y en madera. Y sus obras eran muy apreciadas. Llegaban hasta allí compradores de los cuatro confines del mundo.

«Deberías estar en el palacio del príncipe», le decían a menudo; y él les respondía: «¿Acaso tendría tan buena piedra en el palacio del príncipe? ¿Tendría a mi disposición tanta madera como árboles hay en el bosque? ¿Es tan puro allí el cielo como aquí arriba en las montañas? Mis amigos saben cómo encontrarme y no necesito nada más».

«Aquí lo único que nos falta es una mujer», suspiraba, no obstante, el padre, que le pidió a uno de sus amigos que buscase por el mundo a alguna joven digna de las bondades de su hijo.

El amigo buscó por pueblos y ciudades. Visitó muchos países y conoció a muchas jóvenes hermosas, pero ninguna parecía reunir las cualidades deseadas.

Por fin llegó a una región y a una casa en la que ya había parado antes. Todo era nuevo. El patio estaba colmado de flores. Suntuosas alfombras y mantelerías recubrían suelos y mesas. El viajero no daba crédito a sus ojos. Llegó al colmo de su entusiasmo cuando vio a la joven de la casa. Era esbelta, vestía de negro de pies a cabeza y los ojos le brillaban como dos soles. En cuanto a su voz, transformaba todas las palabras en canciones.

Pasado un tiempo, el hombre reemprendió la marcha y fue directamente a ver a su viejo amigo.

—Sin suerte he recorrido país tras país, pero en el último que visité por fin encontré a la mujer apropiada para tu hijo —dijo, y le contó lo que había visto con sus propios ojos.

—Creo que has elegido bien, pues sabes reconocer a primera vista la belleza, el tesón en el trabajo, la habilidad y la humildad. Pero ¿es esta chica lo suficientemente sabia para aceptar vivir aquí? Le enviaré un mensaje y veremos qué nos responde. A las personas se las juzga mejor por sus palabras que por su fortuna.

El viejo sabio encontró al mensajero adecuado. Le dio una bolsa de cuero con doce monedas de oro antiguas y un cestillo con un pastel de almendras, avellanas y pasas. Por último, le confió una jarra de su mejor vino. A todo esto, el hijo añadió una extraña piedra en la

que había grabado su retrato y el de su padre para la joven. Antes de su partida, el sabio le dijo al mensajero:

—Saluda de nuestra parte a la chica y a su padre. Dales el dinero, el pastel y el vino y diles: «En nuestra casa de las montañas, el año tiene

doce meses, la luna está ahora llena y las fuentes manan en abundancia».

El mensajero atravesó montañas y valles antes de alcanzar el lejano país donde estaba la morada que le habían indicado. Hizo una profunda reverencia ante la joven y el padre, antes de transmitirles los saludos y los regalos. Luego le preguntó a la joven si aceptaría ir a vivir con el hijo del viejo sabio que tan bien esculpía la piedra y la madera.

—Aquí tiene una de sus obras. Ha grabado su retrato y el de su padre, quien le manda decir que en nuestra casa de las montañas, el año tiene doce meses, la luna está ahora llena y las fuentes manan en abundancia.

La joven observó los regalos que había sobre la mesa. No vio más que once monedas de oro, un pastel a medio comer y una jarra casi vacía. Sin dejar entrever lo que pensaba, prometió a su huésped darle pronto su respuesta y la de su padre.

Por la mañana el padre le dijo al mensajero:

—Saluda de nuestra parte a nuestros amigos de la montaña y diles que recibiremos de buen grado al joven, si de verdad así lo desea.

—Dale también este pañuelo —añadió la joven— y responde así al padre: «En nuestra casa el año tiene once meses, las fuentes se han secado y la luna parece una hoz. Pero le ruego que no le corte las alas a la urraca».

El viajero sacudió la cabeza extrañado ante semejante mensaje, pero prometió cumplir con lo que le habían pedido. Agradeció entonces la hospitalidad de sus anfitriones y emprendió el regreso, feliz de haber salido bien parado.

Atravesó sin dificultades montes y valles para volver a su país. Le dio al hijo el pañuelo de seda blanca como la nieve en el que había bordada la imagen de una joven a la que sus amigas adornaban para su boda. Al verlo, el joven resplandeció de felicidad. Se puso todavía más contento cuando se enteró de que el padre de la joven le aceptaba por yerno. En cuanto al viejo sabio, se asombró al oír el mensaje de la joven.

—¿Cómo te has atrevido a quitarme una de mis monedas y a dejarnos en mal lugar entregándoles medio pastel y una jarra de vino medio vacía? —increpó al mensajero—. Si mi futura nuera no me hubiese rogado que no te castigase, ahora mismo te mandaba arrestar por ladrón.

El mensajero se postró llorando a los pies del anciano y se excusó:

—Por el camino, franqueé tantas montañas y valles bajo el sol abrasador que me entró más sed que nunca en mi vida. Se me habían acabado las provisiones y pensé en beber un solo buche de su vino, pero me gustó tanto que me bebí la mitad de la jarra. Y lo mismo hice con el pastel, y no pude resistirme a la tentación de quedarme con una moneda de oro. Pero, dígame, ¿cómo lo ha sabido?…

—Es la joven la que, diciéndome que el año sólo abarcaba once

meses, me ha dado a entender que faltaba una de mis doce monedas

de oro. Del mismo modo, al decirme que la luna parecía una hoz me

ha hecho ver lo que quedaba de nuestro pastel. Y diciéndome que las fuentes se habían secado, me daba una idea de lo que quedaba de nuestro vino en la jarra. Por último, me ha pedido que no te castigase por tus faltas al rogarme que no le cortara las alas a la urraca ladrona que eres. ¿Entiendes? —le preguntó el viejo sabio con una sonrisa.

El desconcertado mensajero comprendió entonces que su único castigo sería soportar la vergüenza ante toda la aldea.

—¡Prepárate para la partida! —le ordenó el padre al hijo—. Esta joven no sólo es guapa y primorosa, también sabe ser sabia y generosa.

El joven escultor emprendió la marcha. Atravesó sin dificultades montes y valles hasta encontrar el país de la que había escogido por esposa. Al verle tan guapo a lomos de su caballo, los ojos de la joven brillaron de felicidad.

La boda duró siete días y siete noches, a lo largo de los cuales los invitados se atiborraron de montañas de pasteles y viandas. Bailaron y cantaron con el corazón alegre, hasta que acompañaron a los jóvenes esposos al inicio del camino por el que partirían al país de las montañas donde vivía el viejo sabio.

Cuando culminaron su viaje, en las cumbres, muy cerca de las nubes, comenzaron su vida en común, que fue larga, apacible y feliz.

El príncipe con orejas de burro

Cuento ilustrado por Céline Puthier

É rase una vez un rey rico y poderoso
que, aunque debería haber sido feliz,
no lo era porque no tenía hijos.

Un buen día decidió ir a ver a las tres
hadas del bosque para implorarles su ayuda.

—Dentro de un año exacto —le dijeron, conmovidas por su
ruego—, tendrás un heredero.

El rey regresó a su palacio lleno de esperanzas. Y, en efecto, al
cabo de un año exacto desde la visita del rey a las hadas, la reina trajo
al mundo a un retoño para gran alegría del soberano.

Poco tiempo después del nacimiento del niño, las tres hadas del
bosque fueron a palacio.

—¡Serás el príncipe más guapo del mundo! —predijo la primera
hada inclinándose sobre la cuna.

—¡Serás sabio y honrado! —anunció la segunda hada.

—Pero ¡tendrás orejas de burro, para que no seas demasiado vanidoso! —añadió la tercera hada tras madurar su decisión.

El príncipe creció. Se convirtió en un joven guapo, sabio y honrado. Pero cuanto más crecía, más se alargaban sus orejas… El rey y su mujer estaban muy preocupados: ¿cómo podría convertirse su hijo un día en el soberano del reino? Con unas orejas así, no se ganaría el respeto de sus súbditos, más bien se ganaría sus sarcasmos y burlas… Fue así como le obligaron a llevar un sombrero que no debía quitarse bajo ningún concepto.

El principito se hizo un hombre. Era tan guapo, sabio y honrado que todos se regocijaban ante la idea de que pronto sería su monarca. Nadie sabía qué escondía aquel sombrero con el que siempre iba cubierto. Sin embargo, había algo que inquietaba al rey. Su hijo tenía el cabello largo como el de una chica, habría que ir pensando en cortárselo algún día… Pero ¿cómo llamar a un peluquero sin revelar el secreto? Reflexionó largo y tendido y luego mandó llamar a un maestro barbero que le habían recomendado por su discreción.

—A partir de ahora estarás al servicio de mi hijo, el príncipe heredero. Le cortarás el pelo y le afeitarás la barba. Si cumples tu tarea con fidelidad y discreción, serás rico y te colmaré de honores. Pero si cuentas por ahí cualquier cosa que pueda parecerte extraña, no tendré piedad y te haré ejecutar sin dudarlo.

El maestro barbero juró que no perdería su tiempo en charlatanerías. Todos los días le cortaba el pelo y le afeitaba la barba al príncipe, y nunca le dijo a nadie lo que había visto. Por el contrario, disfrutaba de la buena fortuna que le llenaba el bolsillo. Pero, al cabo de un mes, comenzó a adelgazar y a debilitarse a la vista de todos: el secreto era una gran carga, le pesaba mucho no poder compartirlo… ¡Se debilitó tanto que apenas podía sostener las tijeras! Decidió entonces ir a pedirle consejo al viejo ermitaño que vivía en el bosque.

—Vete al campo —le dijo—, cava un hoyo muy profundo y cuéntale a la tierra eso que sabes y que tanto te pesa en el corazón. Ella no traicionará tu secreto.

El maestro barbero buscó un lugar apartado, cavó un hoyo y

le habló a la tierra, revelándole su terrible secreto. Volvió a tapar con cuidado el hoyo y regresó con el corazón aliviado. Poco tiempo después, en aquel mismo lugar creció un magnífico bambú.

Unos pastores que pasaron por allí con sus rebaños decidieron cortar unas cuantas varas para convertírlas en pífanos.

—Nuestro príncipe tiene orejas de burro, nuestro príncipe tiene orejas de burro… —cantaron los instrumentos cuando los pastores los soplaron. Éstos se quedaron muy asombrados al oír la noticia en boca de sus instrumentos.

Pronto por todo el país se contaba la maravillosa historia de los pífanos que tarareaban cosas extrañas. Cuando el rey se enteró de aquel horrible rumor, mandó llamar a todos los pastores y les ordenó que tocasen.

—Nuestro príncipe tiene orejas de burro, nuestro príncipe tiene orejas de burro… Nuestro príncipe tiene orejas de burro —cantaron los pífanos de madera de bambú.

El rey, furioso, cogió uno de los instrumentos de música de los pastores y sopló.

—Nuestro príncipe tiene orejas de burro, nuestro príncipe tiene orejas de burro… Nuestro príncipe tiene orejas de burro —cantó el pífano.

«Sólo el barbero ha podido traicionar el secreto», pensó el rey y, sin más juicio, ordenó al verdugo que le cortase inmediatamente la cabeza al pobre hombre. Pero justo en el momento en que pronunciaba este terrible castigo, el príncipe se quitó el sombrero y descubrió sus largas orejas a la vista de la corte y de sus súbditos.

—¿Por qué habrías de castigarle? —exclamó—. ¡Él solo ha dicho la verdad! ¡Tengo orejas de burro, es cierto! Pero, si Dios quiere, eso no me impedirá ser un buen rey ni que mis súbditos conozcan mi valía.

Las hadas, que estaban viendo y escuchándolo todo, se alegraron de esas palabras sensatas: el corazón del príncipe era puro y carecía de vanidad. De golpe, las orejas se encogieron y se volvieron normales. ¡Para gran alivio del barbero, que por poco se queda sin cabeza! Los pastores soplaron y soplaron en sus pífanos… soplaron hasta perder el aliento…, pero en vano, ¡no salió sonido alguno de los pífanos! Ningún instrumento volvió a tararear la extraña canción.

Cuentos de cómos
y porqués

La Torre del Oro de Sevilla

Cuento ilustrado por Pauline Vannier

A quien llega a Sevilla le llama la atención, entre los incontables palacios e iglesias de la ciudad, una alta torre cuajada de ventanitas llamada la Torre del Oro.

El nombre tiene su origen en una historia que ocurrió hace mucho, mucho tiempo.

En aquella época reinaba en Sevilla el rey Pedro, a quien sus súbditos habían apodado con razón el Cruel. A menudo injustamente, condenaba sin piedad por cualquier minucia a gentes sencillas como los patricios. Y desdichados aquellos que se oponían a su voluntad.

En esos mismos años vivía en Sevilla doña Juana, famosa por su hermosura. Por toda Andalucía, en Granada, y hasta en Extremadura, se cantaba la belleza de su melena de oro. No era de extrañar que el rey desease conocer a doña Juana.

Cuándo y dónde la vio por vez primera no lo cuenta la historia; pero desde que la vio ardía en deseos por ella. Perdió el sueño y el apetito. Noche y día rumiaba los medios para hacer suya a la joven de la melena de oro, incluso a la fuerza. Desde su primer encuentro, doña Juana le había dejado claro al rey, un descarado, que le molestaba que le hiciese la corte y que era inútil que la piropeara porque pertenecía única y exclusivamente a su marido, como es propio de una buena esposa cristiana.

Al rey Pedro poco le importaba. Envió al marido de Juana a la guerra que en esos tiempos mantenía con uno de sus numerosos enemigos, y al día siguiente se presentó en casa de la dama, emperifollado y perfumado, con plumas en el sombrero y melindres en la boca.

Pero qué decepción, qué rabia, cuando se enteró por una criada de que su amada se había retirado a un convento, donde pensaba permanecer hasta el regreso de su amo y señor, su marido…

Al rey se lo llevaban los demonios. ¿Cómo no habrían de dejarle entrar a él, el rey, al convento, valiéndose de la fuerza? ¡No te vayas a creer, palomita mía, que te me vas a escapar tan fácilmente! Y proferir la amenaza y cumplirla fue dicho y hecho.

Aprovechando una noche cubierta, sin estrellas, envía a un puñado de sus esbirros a incendiar el convento, con la orden de llevarse a la hermosa Juana.

Aterrorizadas, chillando, las monjas salen del edificio en llamas, pero, una vez fuera, les espera otra desagradable sorpresa. Unos hombres enmascarados, los soldados del rey, las están esperando y se abalanzan sobre ellas para quitarles la toca…

Doña Juana es una de las últimas en abandonar el convento en llamas. Al salir, antes de tener tiempo de comprender lo que está pasando, una especie de gigante con capa la atrapa, la carga de través en su caballo y se interna con ella, al galope, en la oscuridad.

La pobre señora se desmaya. Ignora que Pedro ha ordenado llevarla a una torre, y sólo cuando vuelve en sí, en una estancia gélida, empieza a sospechar lo que ha pasado. Pronto se lo confirmará una doncella que le lleva unos bonitos vestidos de brocado, un peine, cepillos, ungüentos y óleos perfumados:

—Os encontráis en la torre del rey, señora, y Su Majestad desea visitarla dentro de una hora. Estoy a vuestra disposición, para ayudaros a vestiros…

—No, gracias, puedo vestirme sola y ponerme guapa para complacer al rey —le dice con una sonrisa doña Juana a la criada—.

Te pediría solamente que me trajeses unas tijeras y después me dejases a solas.

Una vez que la sirvienta hizo lo que le había pedido y cerró la puerta tras de sí, la dama no se puso el bonito vestido de brocado ni se untó los óleos aromáticos. En lugar de eso, cogió las tijeras y empezó a cortarse su bella cabellera de oro, mechón a mechón, hasta quedar completamente rapada. A continuación se asomó a una de las ventanas de la torre y lanzó por ella su hermosa melena.

Como cabellos de ángeles, dorados y centelleantes, los largos mechones sedosos empezaron a caer lentamente, revoloteando al viento. Caían y remontaban en ondas luminiscentes, y toda aquella luz dorada atrajo la atención de los transeúntes que comenzaron a murmurar para acabar gritando:

—Mirad, la torre está dorada, ¡es la Torre del Oro!

Cuando el rey llegó ante la torre, para su visita de conquistador, también él observó el extraordinario fenómeno y echó a correr, impaciente por encontrarse con la belleza tan deseada.

Pero, al irrumpir en la estancia, en lugar de a la bella con melena de oro, vio a un espectro con el cráneo rasurado, envuelto en un austero hábito eclesiástico, arrugado y raído.

—¿Qué hacéis aquí? ¿Dónde está doña Juana? —se sorprendió.

—Pero si yo soy doña Juana —le contestó el fantoche con una triste sonrisa—. ¿No habéis visto cómo caían mis cabellos por la ventana? ¿Es que ya no me deseas?

—¡No, y cien veces no! ¡Y por lo que habéis hecho con vuetro pelo, pereceréis en esta torre! —bramó Pedro, que salió de la estancia y prohibió a los carceleros que le diesen el más mínimo alimento, ni tan siquiera una gota de agua, a la señora Juana.

Aunque la desdichada se sintió aterrorizada ante la crueldad del rey, no le imploró clemencia. En aquella estancia que era su prisión, expiró al cabo de unos días, con la única esperanza de que su suerte fuese conocida por aquel que haría pagar a Pedro todas sus fechorías. El deseo de la hermosa dama no tardaría en cumplirse.

Su marido en persona le plantó batalla a Pedro y, en un duelo sin piedad, le cortó la cabeza. Desde entonces, en Sevilla, a la torre donde murió doña Juana se la llama la Torre del Oro.

Cómo escogió el príncipe a su prometida

Cuento ilustrado por Jean-Louis Thouard

Érase una vez un joven y hermoso príncipe que vivía solo.

—¿Cuándo te vas a casar? —le preguntaron un día sus amigos—. Pronto heredarás el trono de tu padre, y sin mujer e hijos no se puede reinar…

—Me gustaría mucho casarme —respondió el príncipe—, pero ¿con quién? Una no para de hablar, otra no dice ni pío. Una es seria, la otra se pasa el día riendo. Una guarda su dinero en un cofre cerrado, la otra hace regalos a todo el mundo. La verdad es que me cuesta elegir… Si pudierais aconsejarme…

—A nosotros nos resulta muy difícil, somos jóvenes y sin experiencia como tú —le respondieron sus amigos—. Pero si vas a la montaña, encontrarás a tres sabios que tal vez puedan ayudarte y aconsejarte.

El príncipe partió pues a la montaña. El camino era largo y el sol quemaba, pero logró encontrar a los tres sabios. Sentados ante sus tiendas de cuero, le hicieron señas para que se acercase.

Uno de ellos era viejo, muy viejo, pero tenía el pelo y la barba negros y le brillaban los ojos de alegría. El segundo era algo más joven pero tenía reflejos plateados en el pelo y en la barba. En cuanto al tercero, por increíble que pareciese, tenía el rostro muy joven y, al mismo tiempo, la espalda encorvada y el pelo y la barba más blancos que la nieve.

El príncipe les saludó con una profunda inclinación. Los sabios le recibieron con gentileza, hasta calentaron agua para preparar un té. Luego le preguntaron la razón de su visita.

—Señores sabios, he venido a pedirles consejo. Me gustaría encontrar a una mujer con la que casarme, pero no sé cómo elegir a mi prometida: ¿debe ser rica o pobre, alegre o seria, charlatana o taciturna?

Los tres hombres prestaron mucha atención a sus palabras y menearon la cabeza.

—Escucha bien lo que te voy a contar —empezó el más joven, el de melena y barba blancas—. Yo tenía una mujer malvada, desagradable, tan intolerante que habría mandado condenar hasta al mismísimo Dios. Se pasaba el día callada y nunca me dedicó una palabra amable. Ahorraba recalentando el té hasta tres veces y se pasaba el día contando el dinero de su joyero. Si le hablaba, la tomaba conmigo. Y ahora, mírame bien: la vida con ella me ha encanecido la barba y el pelo y me ha curvado la espalda. No me quedó más remedio que refugiarme en la montaña. ¿Te gustaría acabar así?

El príncipe negó con la cabeza. Entonces el segundo sabio, el que tenía los cabellos plateados, habló:

—Mi mujer se comportaba algo mejor que la tuya, pero nunca sonreía y se pasaba el día como un alma en pena. Raro era el día en que me hablaba con amabilidad, y cuando regresaba a casa cansado, no me ponía nada de comer ni de beber. Por eso el pelo y la barba se me pusieron de este color gris que ves y me vine a la montaña. ¿Te gustaría acabar así?

El príncipe sacudió la cabeza y esperó a que el tercer sabio tomara la palabra.

—Mírame bien —le dijo el anciano—. Cuando volvía a casa, estuviese enfadado o alegre, mi mujer siempre me recibía con amor. Cuando me sentía triste, me contaba historias alegres y me preparaba un té calentito. Se pasaba el día riendo y cantando, no dudaba en dar limosna a los mendigos y jamás se quejó de su destino. Por eso no he envejecido y por eso tengo la barba y el pelo negros y el corazón en paz. Si Dios no se la hubiese llevado con él, todavía viviría con ella y no me habría venido a la montaña.

El príncipe les agradeció sus consejos, pues ya sabía a qué esposa debía escoger.

Se casó con una joven que se parecía en todo a la mujer de la que le había hablado el sabio de mayor edad: alegre, amable y generosa. ¡Lleva viviendo con ella años y años y todavía no le ha salido ni una sola cana!

Cómo le enseñó a volar la grulla al zorro

Cuento ilustrado por Emmanuel Saint

Que el señor zorro ha sido siempre muy astuto es cosa sabida, aunque no a todo el mundo ha logrado engañar. Es sobre todo con los pájaros con quien peor se lleva, pues, con un simple batir de alas, se escapan de su hocico goloso y se ponen a salvo.

Un buen día se dijo que debería aprender a volar, así los pájaros no se le escaparían nunca más. Decidió entonces buscar a alguien que le pudiese dar unas buenas clases de vuelo.

Ese año el invierno había sido muy duro y, en primavera, cuando la grulla regresó de los países cálidos, todavía una gruesa capa de nieve cubría la tierra.

Ni siquiera con su largo pico conseguía picar algo para calmar el hambre. Estaba bastante debilitada cuando se encontró con el señor zorro, que le dijo:

—Parece que no tienes nada que llevarte al pico. Yo te alimentaré mientras haya nieve si tú, a cambio, me enseñas a volar.

La grulla, muy contenta, aceptó la oferta, feliz de poder por fin aliviar el hambre. Pero el zorro no habría sido el zorro si no hubiese querido hacer de las suyas. Aunque preparó un aromático potaje que hizo salivar el pico de su invitado, lo sirvió para los dos en un solo plato llano y antes de que la grulla tuviese tiempo de succionar unas gotas, el zorro lo había lamido por entero, ¡él solo!

La grulla comprendió enseguida de qué pata cojeaba el raposo, pero se guardó para sí sus reflexiones. Cuando el sol por fin fundió toda la nieve, le dijo:

—Ya es hora de que te devuelva el favor, puesto que tan bien te has ocupado de mí. Súbete a mi lomo, que vamos a volar…

Al zorro no hubo que repetírselo. Muy contento, se acomodó sobre el espinazo de la grulla, aunque algo temeroso:

—¿No me caeré desde tan alto, verdad?

—No te caerás. No has de temer nada porque te voy a enseñar a volar —respondió la grulla entre risas. Acto seguido, desplegó las alas y surcaron los cielos.

Volaron alto, muy pero que muy alto por el cielo. La grulla giró entonces la cabeza y le dijo a su jinete:

—Ahora vas a volar tú solito, igual que te comiste solito la sopa que habías preparado para mí.

Con una gran carcajada, la grulla desmontó

de un revés al taimado señor zorro de su lomo y se fue volando a grandes aletazos. El zorro, en cambio, no voló como un pájaro, más bien cayó y cayó como una piedra, hasta un punto profundo del río. Le costó un buen rato subir a la superficie.

Encolerizado y calado hasta los huesos, buscó a la grulla con la mirada. Pero ¿dónde estaba? Seguramente en otro cuento…

Por qué la luna y el sol viven en el cielo

Cuento ilustrado por Laura Guéry

En la Antigüedad el Sol era un hombre y la Luna era una mujer. Vivían juntos en la Tierra, moraban en una bonita choza, cultivaban los campos y criaban ganado. Los días festivos iban a visitar al Agua, una anciana muy entrañable.

El Agua siempre les dispensaba una gran acogida; les invitaba a su choza a la sombra y les servía un buen almuerzo. Pero ella nunca les devolvía la visita al Sol y a la Luna. Un día el Sol y la Luna le dijeron:

—Cuando sea la época de la fiesta de los Grandes Tambores, tienes que venir tú a visitarnos.

Pero el Agua sacudió la cabeza.

—No puedo ir a vuestra casa porque, cuando dejo mi morada, todos mis amigos me siguen y son demasiados, no cabrían en vuestra choza.

—¡Eso no puede ser! —señaló el Sol—. Construiré una choza mucho más grande y estaremos encantados de recibir a todos tus amigos.

El Sol y la Luna construyeron
entonces una choza inmensa y avisaron
al Agua de que podía ir a visitarles
durante la fiesta de los Grandes
Tambores y de que, en caso
contrario, se enfadarían.

El Agua aceptó la invitación. Fue en compañía de todos los habitantes del mar y los ríos: peces, mamíferos marinos, crustáceos, mariscos, algas…

—¡Entrad, por favor! —les recibieron el Sol y la Luna.

El Agua entró y sus amigos la siguieron. En el acto la choza empezó a llenarse y pronto, a gran velocidad, se vio invadida por las olas. Al principio no eran más que olitas, pero al poco tiempo les sucedieron otras más grandes, y, de repente, las oleadas se convirtieron en una gran marejada por la que los peces nadaban, los cangrejos daban vueltas y los mariscos y las algas reposaban.

Al Sol y a la Luna les llegaron las olas a la cintura, luego a los hombros y finalmente a las orejas.

—Ya os lo había advertido —dijo el Agua—. Ahora es demasiado tarde.

El Sol y la Luna, desesperados, subieron al tejado de la choza para escapar de la inundación. Pero el agua no tardó en alcanzarles. ¿Qué podían hacer? De un gran salto se alzaron hacia el cielo. Allí hacía buen tiempo y calor y el agua no podía llegar. El Sol y la Luna por fin pudieron respirar tranquilos. Y como les gustó el ambiente, allí se quedaron para siempre.

Cómo se volvió sabio un príncipe

Cuento ilustrado por Pauline Vannier

Érase una vez un príncipe que vivía en un lejano país cubierto de nieve y hielo. No tenía preocupación alguna, su palacio estaba atestado de objetos preciosos y todos sus deseos se cumplían. El príncipe tampoco conocía ni el sufrimiento ni la tristeza. Nunca abandonaba su palacio pues tenía allí todo lo que necesitaba. El mundo que le rodeaba no le interesaba. Sin embargo, sí que conocía el aburrimiento. Un día mandó llamar a un famoso mago y le pidió lo siguiente:

—Me aburro y no sé cómo distraerme. Enséñame uno de tus trucos de magia.

—Haré lo que gustéis, mi señor —dijo el mago, que cogió un cuenco, lo llenó de agua caliente y masculló unas palabras mágicas que el príncipe no comprendió.

Cuando el príncipe se inclinó para ver el agua, se produjo un extraño fenómeno: el vapor que salía del cuenco llegó hasta el techo y absorbió al príncipe, que se encogió en un visto y no visto y desapareció en el cuenco.

El mago sonrió y murmuró unas palabras mágicas. Acto seguido, el vapor volvió a brotar, salió por la ventana y dejó al príncipe en tierra firme, en una aldea como otra cualquiera, donde las gentes sufrían por el hambre y el frío. Se movían a duras penas y los niños lloraban con la barriga vacía.

En cuanto pisó tierra firme, el príncipe se dio cuenta de que había cambiado de aspecto. Estaba descalzo y sus bellas ropas habían desaparecido, sustituidas por harapos.

Tenía frío y hambre
pero no había nada que comer.

—Pero ¿cómo podéis vivir así?
—preguntó sorprendido el príncipe.

—Se ve que vienes de lejos
—respondieron los aldeanos—, porque
si no, sabrías que todo lo que ganamos
con nuestro trabajo hay que llevarlo
a la corte real para que a nuestro
príncipe no le falte de nada.

—Pero ¡si yo soy el príncipe
real! —exclamó el joven.

Al decir estas palabras sus harapos
se convirtieron en un hermoso traje.
Cuando le reconocieron, la gente
se abalanzó sobre él y le amenazó
con el puño en alto.

—¡Eres la causa de nuestros males! ¡Eres el responsable de nuestra miseria, nos matas de hambre para ser más rico! —gritaron encolerizados.

El príncipe fue retrocediendo ante la muchedumbre, cada vez mayor. Ya pensaba que había llegado su hora cuando, de repente, una columna de vapor le engulló y... le dejó en el suelo del palacio real.

—Supongo que no te habrás aburrido, ¿no? —le preguntó el mago mientras vaciaba el cuenco y lo guardaba en la bolsa.

—No, no me he aburrido —respondió el príncipe— y nunca más me aburriré. Ahora ya sé cómo vive la gente fuera de palacio.

El príncipe mandó abrir el palacio y distribuyó entre sus súbditos todas sus pertenencias. Luego fue de ciudad en ciudad, de pueblo en pueblo, y procuró la felicidad de todos los aldeanos.

Se convirtió sin discusión alguna en el mejor soberano.

Criaturas fantásticas

Munacar y Manacar

Cuento ilustrado por Jean-Louis Thouard

En la isla de Erin viven gran cantidad de personajes de fábula: duendes, elfos, silfos, hadas, así como gigantes, demonios y otras criaturas cuyos nombres sólo Dios conoce.

Es cierto que estos seres no suelen mostrarse a la vista de la gente, y si lo hacen es únicamente durante la noche de San Juan o en la espesa bruma del primero de noviembre, cuando el invierno se instala sobre la isla.

Su verdadero reino es el de las grutas fantásticas que se esconden bajo el nivel del mar, el de los fondos huecos de los árboles y el del corazón de las montañas, donde muchos se refugiaron cuando los hombres invadieron la isla de Erin.

Con todo, tienen muchos puntos en común con los humanos: se quieren, se pelean, se reconcilian.

Precisamente en estos aspectos los dos duendes Munacar y Manacar eran muy parecidos a los hombres.

Vivían juntos desde hacía décadas, siglos incluso, y a simple vista no había forma de distinguirles: con el mismo gorro y una misma nariz picuda, las mismas camisas, los mismos zapatos; pero si se les observaba de cerca, se veía que Manacar era algo más rechoncho que su compañero y tenía la boca más grande, con dientes enormes. De hecho, Manacar comía sin parar, hasta el punto de que se habría comido las provisiones de Munacar él solo.

Cierto día fueron juntos a coger frambuesas. Munacar llenaba concienzudamente su gran cuerno de buey mientras Manacar perdía el tiempo.

Una vez el cuerno lleno, Manacar se lo arrebató, fue a sentarse sobre un tocón y empezó a atiborrarse.

Munacar se enfadó mucho y rezongó: «Tú espera y verás, te voy a dar una paliza que no vas a olvidar en mucho tiempo». Acto seguido, se puso a buscar un buen palo.

Cuando encontró un recio avellano de ramas flexibles, se plantó ante él y le dijo:

—¡Este Manacar me trae de cabeza! Es más vago que un lirón y sólo piensa en comer. Pero no le voy a dejar cebarse así, le voy a dar una buena. Por favor, avellano, dame una vara...

—Tus problemas no me interesan —silbó el árbol—. Si quieres una varita, búscate un hacha.

Munacar fue a buscar un hacha y le dijo:

—¡Este Manacar me trae de cabeza! Es más vago que un lirón y sólo piensa en comer. Pero no le voy a dejar cebarse así, le voy a dar una buena. El avellano me dará una vara si tú me la cortas. Por favor, hacha, ven conmigo.

—Me aburres con tu Manacar —gruñó el hacha—. Si quieres que te corte una vara, antes tendrás que buscar una muela para afilarme.

Munacar fue a buscar una muela.

—¡Este Manacar me trae de cabeza! Es más vago que… y bla, bla, bla. El avellano me dará una vara si el hacha me la corta. El hacha me la cortará si tú la afilas. Por favor, ven conmigo…

—A mí tu Manacar me importa muy poco —rezongó la muela—. Antes de afilar tu hacha, supongo que sabrás que tienes que sumergirme en agua, de modo que ¡tráemela!

Munacar fue corriendo hasta el río en busca de agua. Se detuvo en la orilla y empezó con su cantinela:

—¡Este Manacar me trae de cabeza! Es más vago que un lirón y sólo piensa en comer. Pero no le voy a dejar cebarse así, le voy a dar una buena. El avellano me dará una vara si el hacha me la corta. El hacha me la cortará si la muela la afila, la muela la afilará si la sumerjo en agua. Por favor, río, dame un poco de agua…

—Te la daré de buena gana —rugió el río—, hace ya mucho tiempo que Manacar se merece una buena tunda.

Y Munacar se alegró por fin. Pero su alegría duraría poco: ¿cómo iba a transportar el agua? Se sentó en la orilla y se puso a pensar: reflexionó largo y tendido, hasta que se acordó de que Manacar se había quedado con su cuerno para comerse las frambuesas.

Salió disparado como una flecha hacia el claro.

Pero cuando llegó no quedaba rastro de Manacar: sólo había un cuerpo que yacía entre frambuesas. En ese momento Munacar distinguió el gorro puntiagudo de su compañero, un zapato y un trozo de la camisa.

¿Qué había sucedido?

«Por lo visto, Manacar se ha atiborrado de tal forma de frambuesas que su cuerpo ha estallado», pensó Munacar. Y lo había adivinado: porque ya lo veis, hasta los duendes de los cuentos de hadas pueden ser víctimas de su propia glotonería.

El basilisco

Cuento ilustrado por Emmanuel Saint

Quien ignore qué es un basilisco ha de saber que se trata de un monstruo de un aspecto muy particular. Su cabeza es de gallo, sobre ella una gran cresta y, sobre esa cresta, una corona de oro. Tiene patas y cuerpo de sapo y una larga cola recubierta de escamas como la del cocodrilo. No es de extrañar que cuando esta criatura inmunda posa su fría mirada en un ser humano, éste quede petrificado inmediatamente. Aparte de su aspecto aterrador, despide un hedor pestilente. Además, el basilisco sólo puede nacer de un huevo de gallo incubado por un sapo. Que a nadie le sorprenda, pues, que este monstruo fabuloso tenga un aspecto tan repugnante.

Por suerte, el basilisco sólo se manifiesta en contadas ocasiones, y el último dato que tenemos sobre él proviene de Viena, del año de gracia de 1212.

En ese año, en una bonita mañana de verano, una joven que trabajaba en una panadería de la calle Schönhalter fue como de costumbre a buscar agua al patio. El pozo se hallaba en el centro de dicho patio, era viejo y el cubo bajaba hasta lo más profundo, por lo que el agua siempre estaba fría como el hielo y clara como el cristal. Cuando esa mañana la joven se acercó al pozo, percibió un hedor nauseabundo, pero no se le ocurrió que pudiera provenir del pozo. Sin embargo, en cuanto se inclinó sobre el brocal, le vinieron unas náuseas casi mortales.

Chilló con horror. El panadero y la panadera llegaron corriendo, seguidos de todo el personal de la casa. Le preguntaron qué había pasado, pero la joven no dejaba de chillar, mientras señalaba el pozo con expresión de espanto.

El panadero se dijo que habría que echar un vistazo, de modo que también él se inclinó sobre el brocal pero se tuvo que apartar tambaleándose como un borracho. Aquel hedor le había dejado sin respiración, y la panadera tuvo que ir a toda prisa a buscar algo fuerte de beber, para que se repusiera de la conmoción.

Entre tanto, el fétido olor se extendió por todo el patio, entró en la casa por puertas y ventanas y llegó hasta la calle. La cosa no tenía ninguna gracia porque, ¿quién iba a ir a comprar pan a una panadería en una calle apestosa?

El panadero no sabía qué hacer. La panadera se lamentaba y la joven no dejaba de chillar, hasta que un oficial panadero, un mozo rudo y fuerte, les dijo:

—¡Ya está bien de gritos, llantos y tonterías! Id a buscarme una antorcha y bajadme en el cubo. A ver si descubro el pastel, si es que se le puede llamar así…

La joven se enjugó en el acto las lágrimas y dejó de llorar. Corrió en busca de una antorcha y el panadero, ayudado por otro mozo, sujetó firmemente la cuerda mientras el valiente joven se dejaba bajar poco a poco acurrucado en el cubo. Pero apenas unos metros por debajo del brocal, se puso a chillar como si le estuviesen acuchillando y le subieron a toda prisa. Justo a tiempo, pues había perdido el conocimiento.

¿Qué hacer ahora? El panadero fue al Ayuntamiento para pedir ayuda. Volvió al poco tiempo acompañado de un pelotón de guardias, con un capitán en cabeza. Mas ¿de qué servirían sus alabardas y sus espadas? La peste no se doblegaba con semejantes armas. Al poco, todos se fueron tapándose la nariz.

Mientras, el muchacho que se había desmayado volvió en sí y contó lo que había visto en el pozo:

—Al principio no he distinguido nada porque el pozo está lleno de un humo amarillo muy espeso. Pero de repente he visto una bestia horrible, con cabeza de gallo, pero mucho más grande que la de un gallo normal, con cresta, y, sobre la cresta, una corona de oro. Tenía ancas de rana…

—¡Yo sé lo que es! —exclamó uno de los vecinos que se habían ido congregando allí—. Sólo puede ser un basilisco. ¡La hemos hecho buena! Ningún arma, ningún veneno puede matarlo. Lo único que puede salvarnos es un espejo. Pero no un espejo cualquiera, no, tiene que ser de metal pulido. Si el basilisco se ve en un espejo de ésos, se petrifica a sí mismo y muere.

El comandante de la guardia municipal, que se había quedado

a un lado con sus hombres, por si hacía falta su intervención, consideró en ese momento que no pintaba nada en semejante asunto. Su deber era mantener el orden a punta de espada, no poner un espejo delante de quien sea. De modo que se retiró con sus hombres.

Los vecinos, por su parte, se fueron yendo poco a poco. Algunos se compadecían del panadero, otros, por el contrario, se alegraban: ya se sabe que, cuando alguien está en un aprieto, siempre hay quien se ríe.

Resultó que el panadero tenía un espejo así en su casa: sí, el espejo lo tenía, pero el valor y el coraje de ponerlo delante del basilisco, no. De modo que, al final, él y su mujer fueron a acostarse y mandaron a los aprendices y a todo el personal que descansasen después de tan horrible jornada.

Sin embargo, el joven mozo que había bajado al pozo no lograba conciliar el sueño. Reflexionaba sobre el modo de matar al infame basilisco. No es que fuese un gran héroe, pero se decía que, si lograba librar al panadero de aquella cosa, éste sabría recompensarle. Probablemente le ayudaría a ascender a maestro panadero, y cuando volase con sus propias alas, podría casarse con la hermosa joven a la

que quería. En resumen, el oficial panadero
soñaba despierto.

Mientras así reflexionaba, se acordó
de que al alba, cuando había ido al cobertizo
en busca de leña para el horno, había olido
un efluvio del famoso hedor. Se levantó
entonces, se hizo con un farol y fue
a inspeccionar el lugar; se fue guiando
por el olfato, apartó varios troncos y constató
que en efecto existía una fisura en el muro
del sótano. De ahí provenía sin duda el hedor.

El sótano tenía que estar comunicado
con las paredes del pozo, se dijo el oficial panadero.
Y rápidamente se puso a ensanchar la grieta,
retirando las piedras con un pico.

De golpe la peste se extendió
y por poco se queda en el sitio.
Pero no perdió la cabeza.

Corrió en busca del espejo del panadero, el espejo metálico. Lo ató a la punta de un palo largo y lo metió por la grieta que había ensanchado, preguntándose qué sucedería entonces.

No tuvo que esperar mucho. Un ruido atronador restalló en el pozo y despertó a toda la casa. El basilisco, asustado de su propio aspecto, había pegado un grito espantoso y había caído muerto, petrificado.

Todo salió bien. El panadero mandó tapiar el pozo inmundo y ayudó al oficial panadero a ascender a maestro para que se pudiese casar con su amada.

Sin embargo, nunca se olvidaron de aquel monstruo asqueroso, pues desde ese día la panadería pasó a llamarse «El gallisapo».

Llama

Cuento e ilustraciones de Éphémère

En una gruta oculta en lo más profundo de un viejo bosque, en el corazón de las Montañas del Este, vivían don y doña Dragón. No se trataba de una gruta sucia y húmeda, como cabría imaginar, sino de una bonita y acogedora caverna, con un fuego que don Dragón encendía a diario con sus soplidos y que crepitaba en una gran chimenea. Frente al hogar, acurrucada sobre un enorme edredón relleno de plumas, doña Dragón incubaba un huevo azul celeste, bastante mayor que los de avestruz. Don Dragón, para matar el tiempo, hojeaba un libro y se calentaba los pies en la chimenea. Ambos esperaban con impaciencia el nacimiento de su dragoncito.

Todos los días don Dragón preguntaba:

—Bueno, Katia, ¿crees que nacerá hoy?

Y doña Dragón le respondía:

—No, todavía hay que esperar.

Hasta que un día doña Dragón chilló:

—¡Héctor, Héctor, el cascarón se ha agrietado!

Don Dragón corrió junto a doña Dragón y pudieron por fin admirar cómo su dragoncito salía del huevo.

Héctor y Katia estaban muy felices de tener un bebé. Era el único que podrían tener. Con los dragones sucede así, que en toda su larga vida sólo pueden tener un único dragoncito.

Don Dragón se sentía muy orgulloso de su hijo. Le podría enseñar todo lo que sabía: volar por los cielos, escupir llamas, forjar espadas invencibles, y todo eso que hace que un dragón sea un dragón.

El dragoncito, apenas salir del cascarón, les miró primero a uno y luego al otro y de pronto pegó un estornudo acompañado de pequeñas centellas.

—¡Va a ser un gran dragón! ¡Le llamaremos «Llama»! —decidió Héctor.

Las semanas pasaron, y los meses. Llama crecía día tras día. Era un joven y hermoso dragón. A todos los amigos de Katia y de Héctor les parecía fabuloso.

Llegó el día de su primer vuelo. Héctor condujo a su hijo hasta el pico más alto de las Montañas del Este.

—Mira, Llama, sólo tienes que impulsarte a la vez que despliegas las alas y te dejas llevar por el viento. Es muy fácil, ya verás.

Y se lanzó al vacío para enseñarle a su hijo lo que había que hacer. No muy confiado, Llama se acercó al borde del precipicio, dudó un instante y entonces extendió las alas y saltó. Tras unos segundos de

pavor, comprendió que planeaba por el aire Era maravilloso sentir la caricia del viento en las alas, fabuloso atravesar las nubes, y aún más fascinante echar carreras con las águilas.

Llama ya sabía volar. Su padre decidió entonces enseñarle lo que constituía la fuerza de los dragones: escupir fuego. Llama había aprendido a volar muy rápidamente. Héctor pensaba que el aprendizaje del fuego le resultaría igual de sencillo. Pero no, fue algo más complicado de lo previsto. Pese a los consejos del padre, Llama no conseguía lanzar ni la más mínima chispa por la boca. Por mucho que estornudaba, escupía, tosía, no salía ni la más pequeña llamita de entre sus dientes. El dragoncito pronto se convirtió en el hazmerreír de la vecindad.

—Un dragón que no sabe escupir fuego no se puede llamar dragón —decían unos.

—¿No será más bien un lagarto grande? —se burlaban otros.

—Llama, ¡vaya nombre más ridículo para una lombriz de tierra! —reían todos.

De «dragón fabuloso» pasó a ser un «lagarto grandote».

Llama se sentía muy desdichado, al igual que sus padres. Por supuesto, seguían queriéndole como el primer día, pero les entristecía ver a su hijo desesperado por no poder escupir fuego como los demás dragones.

Fueron a visitar a los más grandes magos en busca de un remedio. Llama hizo una dieta a base de petróleo, pero sin éxito. Probó asimismo con una cura de azufre, pero sólo le procuró mal aliento. Todas las mañanas se tomaba un gran cuenco de queroseno y mascaba sílex a diario, pero no le valía de nada. Había que resignarse: Llama nunca sabría escupir el fuego del dragón.

Llegó entonces el invierno. El invierno más duro que los dragones habían conocido, un invierno frío y húmedo; un invierno de narices tapadas, de toses y anginas. Un invierno en el que todos los dragones cayeron enfermos, uno detrás de otro. Ese invierno muchos hogares se quedaron apagados. Los dragones enfermos tenían la garganta demasiado dolorida para escupir llamas y encender los fuegos de sus chimeneas. Se congregaron pues en las cavernas de los que todavía resistían. Una mañana ya ningún dragón pudo escupir fuego. Todas las chimeneas estaban apagadas y en las cavernas hacía más frío que en un iglú. Todos los dragones se habían juntado en una sola gruta. Temblaban, castañeteaban los dientes, se quedaban entumecidos. Desde que habían aprendido a escupir fuego, se habían olvidado por completo de cómo encender un fuego sin soplar. Todos intentaron rebuscar en su memoria para acordarse.

—Hay que mezclar carne de membrillo con baba de caracol.

—Qué va, el fuego se hace frotando luciérnagas con un cepillo de dientes.

—¡No decís más que tonterías! Cuando yo era pequeño, quemé una piña aplastándola con un tenedor en una sartén.

—¿No oléis a quemado? —preguntó de pronto un viejo dragón.

—Sí, Edmund tiene razón. ¿De dónde sale?

—De allí, mirad, ¡hay humo!

Todos los dragones se volvieron y se acercaron a la nube blanquecina que empezaba a extenderse por la caverna.

Descubrieron entonces con gran sorpresa de dónde provenía el olor a quemado que invadía la gruta. Sentado en el suelo, Llama frotaba un palito entre sus patas. Lo hacía girar con tanta velocidad sobre otro trozo de madera que se desprendían volutas de humo. De vez en cuando se encendía una pequeña ascua incandescente. El joven dragón echó entonces ramas secas a las brasas que se habían formado y ardieron de lo lindo. Llama, que nunca había conseguido escupir fuego, había aprendido a escondidas a prenderlo con dos trozos de madera frotados uno contra el otro con fuerza. Gracias a él, todos podrían calentarse por fin. Algunos dragones empezaron a recoger agujas de pino y hojas para el fuego, luego ramas y, por último, troncos enteros. Una impresionante llamarada crepitaba en la chimenea. Todos se colocaron en medio círculo delante del hogar. Ya no tenían frío, ya no temblaban y habían parado de toser. Sobrevivirían a aquel horrible invierno.

Desde ese día nadie volvió a burlarse de Llama. Se convirtió en un héroe: el amo del fuego. El que salvó a los dragones.

El chulame

Cuento ilustrado por Julien Delval

Un joven se fue un día de su casa para recorrer mundo y aprender lo que era la vida. Antes de irse, su madre le advirtió así:

—¡No te metas por caminos prohibidos, hijo mío! ¡Si ves un saco atado, no lo desates! ¡Y si te ves en peligro, piensa en mí!

El hijo prometió acordarse de estas recomendaciones, pero apenas salió de la tienda olvidó los consejos.

Caminó durante un día, y otro más, hasta que llegó a un camino donde había dos huesos en cruz sobre el suelo. ¡No hay que ir por caminos así! Pero el joven no tenía ganas de dar media vuelta. «Con la fuerza que tengo en los brazos, nada he de temer», se dijo. Y así se adentró por el camino prohibido y pronto vio ante él un saco cerrado con tres nudos.

«¿Qué habrá dentro?», se preguntó. Llevado por la curiosidad desató los tres nudos. En ese preciso instante salió del saco un chulame, un monstruo hirsuto, con tentáculos y una boca enorme de largos dientes afilados.

—¡Gracias por liberarme! —gritó el chulame.

—¿Cómo has acabado en un saco? —le preguntó el joven.

—Me llevé el ganado de la aldea —respondió el chulame—
y los habitantes me atraparon con un lazo.
Ahora que estoy libre podré
vengarme. ¡Pero antes de nada
te comeré para
recobrar fuerzas!

—¿Así es como me demuestras tu agradecimiento? —se lamentó el joven.

—Nosotros los chulames ignoramos por completo lo que es la gratitud —replicó el monstruo—. Sólo sabemos de hambre y venganza.

—¡Ay, mamaíta, tendría que haberte escuchado! —dijo en voz baja el joven. De repente, como si la hubiese llamado, su madre se le apareció, le hizo una gran reverencia al monstruo y dijo:

—Es evidente, noble señor, que tenéis todo el derecho

de comeros a mi hijo, que acaba de liberaros. Pero no creo que un ser tan grande como vos haya cabido en ese saco…

—¿No me crees? ¡Pues fíjate bien! —dijo el chulame.

Y se metió en el saco de un brinco. Sólo se le veía la cabeza.

—No, no puedo creeros, todavía se os ve la cabeza —le respondió la mujer.

El monstruo metió la cabeza en el saco y, en el acto, la madre le encerró con tres nudos. El chulame intentó escapar pero no pudo.

—Ves, hijo mío, si yo no estuviese velando por ti y no hubiese escuchado tu llamada, ya estarías muerto. ¿Por qué no me hiciste caso?

El dragón de Cracovia

Cuento ilustrado por Didier Graffet

Entre las ciudades más antiguas y bellas de Europa podemos mencionar sin duda a Cracovia, la perla de Polonia. Como una reliquia antigua, hace que se refleje en el Vístula una auténtica piedra preciosa: el castillo de Wawel.

Hace más de mil años el castillo ya estaba encaramado a una gran roca, en la margen izquierda del Vístula, aunque de la aldea no había ni rastro, y de la ciudad, menos todavía.

En aquellos tiempos el castillo era la residencia del poderoso príncipe Krak, quien tenía muchas ganas de fundar un pueblo alrededor, pero ¿cómo convencer a la gente para que fuese a vivir a un sitio del que todos sin falta huían?

Resultaba que, en una gruta bajo el castillo, había establecido su domicilio un monstruoso dragón, ¡y desdichado aquel que se acercaba! Y si hasta la fecha se había contentado con algo de ganado,

su voracidad crecía con los días, hasta el punto de que veían llegar el día en que se zamparía a todas las tropas de Cracovia y se abalanzaría sobre el castillo…

El príncipe sabía los peligros que corría. Decidió enviar a la guardia armada del castillo contra el monstruo, bajo el mando de sus tres hijos.

Pero la expedición fue un fracaso. Las afiladas espadas se partían en añicos contra el caparazón del monstruo. Los hombres de Cracovia caían, asfixiados por los vapores mefíticos que despedía la boca del dragón, mientras otros sucumbían bajo sus colmillos y sus garras.

Sólo regresó un grupo reducido al castillo: el príncipe podía dar gracias al cielo de que entre los supervivientes estuviesen sus tres hijos.

Durante un buen rato, hasta que anocheció, se pudieron escuchar los siniestros crujidos y gruñidos que emitía el monstruo en su gruta, mientras se deleitaba con sus víctimas…

Sin embargo, al día siguiente la bestia inmunda volvió colérica a llamar a las puertas del castillo. El príncipe tuvo que ordenar a toda prisa que le lanzasen desde lo alto de las murallas una oveja bien rolliza, para evitar que llegase hasta el patio de la entrada.

El dragón se comió de un bocado al pobre animal, se relamió

con una lengua larga y negra los morros y, sólo entonces, al ver que no caía nada más, regresó a su caverna.

Al príncipe Krak, que había observado el extraño fenómeno, se le ocurrió entonces tenderle una trampa: cuando la criatura volviese para apoderarse de su tributo, en lugar de una oveja de verdad, le darían sólo un pellejo, relleno de azufre y de cal.

Dicho y hecho. El propio príncipe despellejó con cuidado el carnero escogido, lo rellenó con la mezcla venenosa y ordenó a las mujeres que cosieran la piel con mucho esmero.

Pronto volvió a resonar, proveniente de la caverna, el famoso rugido, que anunciaba que el monstruo llegaba para reclamar su presa, pues estaba hambriento.

Y, justo después, se le vio sacar la cabeza de su agujero y encaminarse sobre sus patas retorcidas y escamosas hacia el castillo.

En aquella ocasión ni siquiera tuvo que reclamar lo que quería. Se encontró con la oveja delante de la puerta, y se la comió de un bocado, como solía hacer.

Y, como de costumbre, dio media vuelta para regresar a su guarida. Pero ni siquiera llegó. Empezó a retorcerse, a soplar y a chillar y gruñir hasta hacer temblar Wawel desde sus cimientos. Al final dejó escapar por la boca un humo amarillento y negro y expiró, tras lanzar un último y terrible rugido.

Así fue como este príncipe tan sensato libró a la región de su peor enemigo. De ese modo pudo edificar al pie del castillo una nueva ciudad, como soñaba desde hacía tanto tiempo.

Era una ciudad muy bonita, que pronto sería gloriosa. Sus habitantes no se complicaron la vida con el nombre: la bautizaron Cracovia en honor al príncipe Krak.

Magia y brujería

El río del revés

Cuento e ilustraciones de

Hélène Lasserre et Gilles Bonotaux

Érase una vez un valle rico y fértil, un reino donde se vivía muy bien. Todos los años, gracias al río que serpenteaba lánguidamente por los sembrados, las cosechas llenaban los graneros.

Los árboles rebosaban de frutos, a cada cual más sabroso, y los rebaños rumiaban una hierba tan tierna y abundante que todo campesino tenía mantequilla fresca en la mesa a diario.

Un día el bueno y anciano rey, que reinaba desde hacía mucho, murió.

Por desgracia, sólo tenía un hijo para sucederle: Cradigoince, un muchacho regordete y perezoso, un glotón egoísta y vanidoso; no era un buen presagio para el futuro del reino y la bonanza del pueblo.

Tal era así que, apenas subió al trono, el nuevo rey, gran aficionado a los deportes náuticos, a los baños y a tomar el sol, decidió mandar construir un embalse, con el fin de inundar el valle y transformar la parte más rica del reino en un lago inmenso.

—Pero ¿qué será de los campesinos?

—se inquietó el granc hambelán.

—¡Pues que pesquen, amigo mío,

que pesquen! Pese a las sensatas

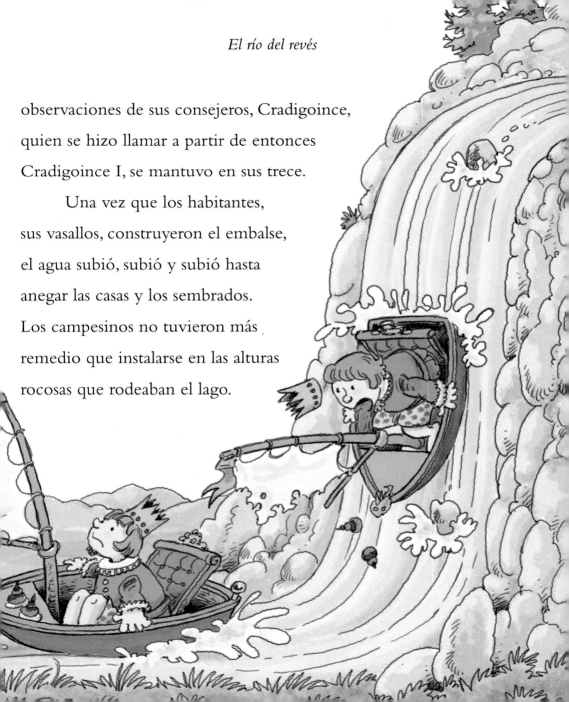

observaciones de sus consejeros, Cradigoince,
quien se hizo llamar a partir de entonces
Cradigoince I, se mantuvo en sus trece.

Una vez que los habitantes,
sus vasallos, construyeron el embalse,
el agua subió, subió y subió hasta
anegar las casas y los sembrados.
Los campesinos no tuvieron más
remedio que instalarse en las alturas
rocosas que rodeaban el lago.

Pero a Cradigoince I le resbalaba: él podía salir en barca y holgazanear por la playa de arena fina que había ahora a los pies de su castillo.

Descontentos, los campesinos se reunieron:

—Ya está bien de cultivar roca —dijo uno.

—¿Qué vamos a comer este invierno? —gimió otra.

—Todo por culpa de ese niño mimado —vociferó un tercero.

—Pero ¿qué podemos hacer? —clamaban todos.

—Hay una solución —dijo una vocecilla trémula—, pero, por una vez, tendréis que confiar en mí.

Se volvieron hacia una mujer a la que llamaban «la bruja», y a la que temían un poco, todo sea dicho de paso.

—Conozco las fuerzas de la naturaleza, a los elfos del bosque, a los espíritus del agua, del aire y del fuego, y la diosa del río es amiga mía. Puedo pedirle que invierta el curso… Aunque, para ello, mejor esperar a que el rey dé su paseíto en barca por el lago.

La diosa del río escuchó el ruego de la aldea, que le hizo llegar el espíritu del viento.

De modo que, cuando estaba cómodamente instalado en su lujosa embarcación y saboreaba su décimo tercer buñuelo, el rey sintió que una corriente le arrastraba. El curso del agua se invirtió, el lago se vació y el monarca fue rápidamente remolcado hacia atrás, hacia las fuentes del río. Contra toda lógica, los afluentes refluyeron y la nave real remontó las caídas y las cascadas. Cradigoince I tenía la impresión de ser una brizna de paja en un lavabo que se vacía.

Un remolino gigantesco, un maelström terrible, un vórtice colosal le arrastraba sin remedio hacia un abismo donde le esperaban las aguas subterráneas.

Perdió el conocimiento.

Al despertar le rodeaban unas gélidas tinieblas. Navegó en busca de una salida por las aguas negras de un lago subterráneo; sólo pudo alimentarse de algunas babosas e insectos cavernícolas.

Mientras el rey erraba como alma en pena por las entrañas de la tierra, fuera, a pleno sol, los campesinos destruían el embalse… En cuanto a qué había sido de su soberano, ¡era realmente lo que menos les importaba!

Y la vida, como el río, retomó su curso.

Una mañana, al ir a por agua, un niño escuchó una débil llamada de socorro proveniente del fondo del pozo. Fueron en busca de cuerdas para izar al desgraciado, que debía de haberse caído. Vieron aparecer ante ellos a un hombre delgado, con barba y cabellos hirsutos.

—Pero ¡si se parece a nuestro rey! —exclamó uno de los campesinos.

—¿Estás seguro? —preguntó otro—. Nuestro rey era mucho más gordo e iba mejor vestido. ¡Mira qué andrajos!

—¡No es posible que este desdichado, tan canijo y empapado, sea nuestro rey..., con lo arrogante que era!

Se había formado un gran tropel en torno al rey de capa caída. Porque era él, por supuesto. Y Cradigoince les contó su odisea.

El largo viaje por las tinieblas le había transformado tanto física como mentalmente. Pese a la oposición de muchos, regresó al trono —porque los reinos sin rey son muy raros en los cuentos de hadas—, y gobernó largo tiempo como un soberano justo, equitativo y bueno.

Por contra, por muy bueno que fuese, ¡de baños, deportes náuticos y canoas, mejor ni hablarle!

Por viento, tierra, agua y fuego

Cuento e ilustraciones de Sandrine Morgan

Al resguardo de miradas, vivían en una gruta un viejo mago y su hijo, Magus. El niño era muy buen alumno y recibía de su padre todos los secretos del oficio, que a él mismo le había legado su padre. Cuando el niño cumplió los quince años, el mago le dijo: «Hoy debo transmitirte el secreto de nuestra familia, el hechizo de poder:

Nada temas ya.
Por viento, tierra, agua y fuego,
sigue tu camino.
La fuerza está en tu apego».

Magus recibió también un regalo: «He aquí una capa de Tierra. Con flecos de lino, forrada de piel, perlada de semillas mágicas,

rematada con flores, hojas y plumas multicolores, se cierra con una hebilla de oro. Allá donde vayas te será útil, puesto que ahora tendrás que probar el hechizo por tu cuenta.

«Has de saber otra cosa, hijo: ¡la magia puede mucho, pero el corazón lo puede todo! —le reveló el padre, que añadió—: Vuelve a mí más fuerte, cuando conozcas tu corazón».

Magus blandió su bastón de mago y partió feliz, orgulloso de este nuevo poder y la libertad concedida. Repetía una y otra vez:

«Nada temo ya.
Por viento, tierra, agua y fuego,
sigo mi camino.
La fuerza está en mi apego».

Así, hasta que el bastón disparó un rayo hacia el cielo y, como un cohete, el joven mago ganó altitud, atravesó las nubes y se propulsó a los cielos. Aturdido, recobró el sentido en un desierto barrido por los vientos. Ante él se acercaba contoneándose un gran pájaro desplumado que no podía volar.

El mago quitó las plumas de su capa y le ordenó al pájaro: «Cógelas y sígueme». Éste agarró las plumas con su pico y acto seguido se vio recubierto por un plumaje multicolor. Después Magus alzó su bastón:

> *«Nada temas ya.*
> *Por viento, tierra, agua y fuego,*
> *seguimos nuestro camino.*
> *Fuerza es lo que yo quiero».*

De pronto se vieron arrastrados por un remolino y sepultados en las profundidades de la tierra, donde se encontraron frente a frente con un osezno desamparado: se había caído a un foso y llevaba días lejos de su madre, errando en busca de una salida, sin nada que comer. Su debilidad había hecho que su bonito pelaje pardo no fuese más que un recuerdo.

El joven mago desconfió al principio, pero los ojos de tristeza del animal no mentían. Desprendió el forro de su capa y le dio la piel al osezno, que al momento se vio recubierto de un espléndido pelaje atigrado, negro y fuego. El mago blandió entonces su bastón: «¡Vamos!

Las flores y las hojas que se han caído de mi capa por el camino nos guiarán hasta la salida».

El mago, el pájaro y el osezno caminaron hasta un río subterráneo donde desaparecían las flores y las hojas.

Magus descosió las semillas de la capa y se las ofreció al pájaro diciéndole:

—Con estas semillas mágicas recobrarás fuerzas. Nos sujetaremos a tu lomo con estos cordones de lino y volaremos hasta la salida.

Los tres aventureros pronto estuvieron al aire libre, por encima de un mar rodeado de bosque. El pájaro se posó muy cerca de una aldea. Como tenían hambre, el mago pensó conseguir comida vendiendo su hebilla de oro a los aldeanos. El pájaro, el osezno y el mago causaron sensación: nadie había visto nunca, ni en el circo, un pájaro con un plumaje tan fascinante ni un osezno con piel de tigre. Los aldeanos aceptaron la hebilla y prometieron dar de comer a sus visitantes. Una vez repuestos, se acomodaron en una granja para pasar la noche.

Al despertarse Magus estaba solo. Buscó en vano por la aldea algún rastro de sus amigos. ¡Ni toda su magia le ayudaría a encontrarles si habían decidido volver al bosque! Le embargó una gran tristeza. Pensó en su padre, que le dijo que regresase cuando conociese su corazón. Pero ahora su corazón estaba vacío. Sabía que en su camino mágico debían acompañarle sus amigos.

Magus cogió el bastón y el camino del bosque. De repente escuchó unos gruñidos y unos chillidos familiares. Valiéndose de su oído llegó hasta un pequeño claro donde descubrió encadenados al pájaro y al osezno. Los aldeanos los habían capturado para su circo. Tenían que huir cuanto antes. Magus pronunció el conjuro mágico poniendo todo su corazón:

> *«Nada temáis ya.*
> *Por viento, tierra, agua y fuego,*
> *seguimos nuestro camino.*
> *Fuerza es lo que yo quiero.*
> *Que se rompan las cadenas*
> *y que nos unan unas nuevas».*

En ese momento un rayo surgió del bastón y rompió las cadenas de los prisioneros. Los tres amigos manifestaron su alegría por el reencuentro: gruñeron, chillaron, lloraron. «Es hora de reemprender la marcha —decidió Magus—. Osezno, tenemos que encontrar a tu madre, que estará preocupada. En cuanto a ti, pájaro, te tomaré por montura, si me aceptas en tu lomo.» Y desaparecieron en el bosque entre cánticos:

> *«De nada me quejo.*
> *Por viento, tierra, agua y fuego,*
> *prosigo mi camino*
> *con el corazón contento».*

Al poco tiempo celebraban el reencuentro del osezno con su madre. Y el pájaro llevó a Magus a la gruta de su padre, antes de emprender nuevas aventuras.

La herrada mujer del herrero

Cuento ilustrado por Bruno David

En el extremo de una aldea, muy cerca del camino, vivía un herrero. Tenía por esposa a una mujer arisca y ponzoñosa de la que los vecinos sospechaban que se relacionaba con las fuerzas impuras. Fuese como fuese, hacían lo posible por evitarla, aunque sólo fuera por lo mal hablada que era.

En el horno candente de la forja, dos aprendices renegridos

por el humo, Dimitar y Vlado, golpeaban el yunque con el mazo y el acotillo, el gran martillo de los herreros. Los jóvenes compartían un minúsculo cuarto donde sólo había una cama y un banco. Cuando Vlado se volvía, casi tiraba al suelo a Dimitar.

—¡Dios mío, vaya nochecita! —dijo Dimitar cuando se despertó por la mañana, con todo el cuerpo dolorido y cubierto de sudor.

Como ya llevaba mucho tiempo quejándose de la misma situación, Vlado le dijo:

—Oye, compadre, me da la impresión de que te levantas más cansado por la mañana de lo que lo estás por la noche después de trabajar. Si no tienes suficiente sitio para dormir, puedo acostarme en el banco.

—¡No, qué va —replicó Dimitar—, tú no tienes nada que ver! Creo que tengo una extraña enfermedad. En cuanto me duermo me atrapa un sueño terrible. Junto a la cama se me aparece nuestra ama, con el látigo en una mano y una brida en la otra. Me atiza con el látigo y, al instante, me transformo en caballo. Me pone entonces la brida, salta sobre mi lomo y me hace galopar, a través de campos y bosques,

hasta la colina de Arsan.
Antes incluso de llegar
a la cima, ya estoy cubierto
de espuma y sudo la gota gorda.
Una vez allí el ama me ata
a un majestuoso roble
y se va a bailar con las ninfas
malvadas que la están aguardando.
Se pasan la noche pegando
gritos de alegría, bebiendo
vino y bailando. Es nuestra
ama quien dirige siempre
este corro.
Regresamos al alba.
Cuando me quita la brida
y me azota de nuevo
con el látigo, vuelvo
por fin a la cama.

Me levanto empapado, con el cuerpo molido sin saber si salgo de un mal sueño o si todo es verdad.

Vlado había escuchado con atención a su compañero. Tras reflexionar un instante, le propuso:

—Esta noche nos cambiaremos de lado en la cama. Tú dormirás pegado a la pared y yo me quedaré en la esquina, a ver qué pasa.

Así lo hicieron. Dimitar se acostó por la noche pegado a la pared y se quedó dormido al poco tiempo. Vlado, por su parte, cerró los ojos pero permaneció despierto por la curiosidad de saber qué sucedería. Al poco escuchó el chirrido de la puerta y unos pasos silenciosos que se acercaban a la cama. Entreabrió los ojos y vio a la mujer del herrero, junto a la cama, con el látigo en una mano y la brida en la otra. Se dispuso a azotarle pero el aprendiz fue más rápido: pegó un salto, se apoderó del látigo y le asestó un golpe en la espalda a la mujer. Ella gritó, pero, al instante, se transformó en una yegua. Vlado le puso la brida, la montó y partieron.

Galoparon por los campos y bosques hasta la colina de Arsan. Allí el joven se apeó y se ocultó tras un árbol para observar el corro de ninfas; pero fue en vano: éstas esperaban para iniciar el baile la llegada de la mujer del herrero, que no dejó de piafar de impaciencia y resoplar todo el tiempo, oculta tras unos frondosos arbustos. Finalmente, tras un buen rato, Vlado volvió a montar y emprendió el camino de vuelta.

De regreso a la forja, ató la yegua a una argolla bajo el alero y fue al cuarto donde aún dormía su compañero, al que despertó.

—¡Levanta, compadre! Acabo de volver de Arsan. Tenías razón. Nuestra ama es una bruja y todas las noches te transforma en caballo.

Y le contó a Dimitar, todavía adormilado, su aventura nocturna. Luego añadió con una sonrisa radiante:

—La yegua embrujada está atada delante de la fragua. Corre, vamos a herrarla para que se lleve un recuerdo de su magia. Además, ¿no dicen que las herraduras dan buena suerte? Cuando le devolvamos su aspecto humano, le va a hacer falta. Pero, rápido, antes de que se levante el herrero. ¡Qué cara va a poner!

Ambos aprendices se pusieron manos a la obra. En un abrir y cerrar de ojos, herraron los cascos traseros de la yegua. Luego Vlado le quitó la brida, azotó al animal y, al instante, se transformó de nuevo en la mujer del herrero.

Ahora estaba ante los muchachos, avergonzada y desdichada, jurando y perjurando que abandonaría la brujería.

—No tendrás más remedio —le dijo Vlado entre risas—. Ya he echado al horno el látigo y la brida. Pero si te muestras amable y bondadosa con los demás, nunca le revelaremos a nadie que eras una bruja. Y ahora, ¡rápido, a la cama! Pero ¡con cuidado, no despiertes al herrero!

La mujer del herrero se fue a la cama llorando, ¡aunque con las herraduras no pasó desapercibida!

—¿Qué es ese ruido? —gruñó el herrero, revolviéndose en la cama. Pero se durmió de nuevo. La mujer se metió entonces en la cama con cuidado y se tapó poco a poco los pies con la manta, para que por la mañana él no los viese.

Durante los siguientes días la mujer del herrero ocultó los pies en pantuflas para amortiguar el ruido de sus pasos sobre el suelo. Pero lo cierto era que cada vez le costaba más andar, así que el día de la

feria del ganado, aprovechando la ausencia de su marido, le suplicó
al aprendiz Vlado que le quitase las herraduras y le dijo que ya había
sido castigada por sus brujerías y que, a partir de entonces, sería

amable y bondadosa con los demás como había prometido. El joven se apiadó de ella y le quitó los herrajes. Ella, por su parte, cumplió su palabra.

Los aprendices también mantuvieron su palabra y no le revelaron a nadie su pasado de bruja. Pero ya sabéis cómo son estas cosas: un día se le escapa a uno algo, al otro día, te traicionan las palabras, se dice una cosa por aquí, otra por allá, la lengua se desata… En definitiva, nada permanece en secreto. Y así es como la historia de la herrada mujer del herrero ha llegado hasta nuestros días.

El huso, la lanzadera y la aguja

Cuento ilustrado por Laura Guéry

Érase una vez una joven huérfana a la que había acogido su madrina. La anciana cardaba la lana, tejía y hacía labores de costura para atender sus necesidades, hasta que un día cayó gravemente enferma.

—Soy ya una anciana y siento que mi fin está próximo —le murmuró a su ahijada, quien apenas tenía por entonces quince años—.

Te dejaré la casita en la que vivimos, así como mi huso, mi lanzadera y mi aguja.

La joven, sentada junto al lecho, contenía el llanto.

—Tendrás un techo y podrás ejercer un oficio —añadió la madrina con su último aliento—. Pero, ante todo, ¡conserva puro el corazón!

La joven huérfana vivió sola desde entonces. Trabajaba con tesón, sin quejarse nunca. Aunque su madrina había fallecido hacía mucho, parecía velar por ella, pues las provisiones de lana para hilar nunca disminuían y, apenas la joven tejía un trozo de tela para hacer una camisa, tenía a un vendedor llamando a su puerta.

El hijo del rey estaba recorriendo el país en busca de una prometida. No quería casarse con una joven rica porque, por lo general, solían ser niñas mimadas, arrogantes y pretenciosas; sin embargo, su condición le impedía escoger a una chica pobre, a pesar de que fuera reservada y modesta.

—Me casaré con la que sea a la vez la más rica y la más pobre —solía decir.

Un buen día llegó al pueblo donde vivía la huérfana.

—¿Cuál es la joven más rica de esta aldea? —preguntó.

—La hija del señor del castillo.

—¿Y cuál es la más pobre?

—Una joven huérfana que hila lana, teje y hace labores de costura.

El príncipe fue primero al castillo. La joven, a la que habían avisado de su llegada, se había perfumado y engalanado y aguardaba en la terraza. Dio varios pasos hacia él e hizo una profunda reverencia. Nada más verla, sin decir una palabra, el príncipe hizo dar media vuelta a su caballo con la brida.

Salió de la aldea y se acercó a la casita donde vivía la huérfana. Se apeó de un salto y miró por la ventana. La joven se afanaba en el huso. Al sentirse observada, alzó la vista y se sonrojó al ver la cara del príncipe. Pero al momento volvió a la tarea. Poco después, como hacía mucho calor, se levantó para abrir la ventana y miró a lo lejos, en la dirección por la que había partido el príncipe. Luego retomó la labor cantando una tonadilla que le había enseñado su madrina:

«Corre, huso, corre sin demora en busca de mi prometido».

El huso se le escapó entonces de las manos, saltó por la ventana, corrió campo a través, tirando del hilo tras él, hasta desaparecer. La joven se quedó unos instantes desconcertada, pero, después, al no poder seguir hilando, empezó a tejer.

El huso alcanzó al príncipe.

—¿Qué haces aquí? —le preguntó—. ¿Quieres indicarme el camino?

El huso no le respondió, pero el príncipe dio media vuelta y siguió el hilo brillante.

—Teje, lanzadera, teje con esmero —cantaba la joven— y tráeme a mi prometido.

La lanzadera se le escapó de las manos tan repentinamente como el huso. Se puso a tejer ella sola, delante de la puerta de la casa, una alfombra de una extraordinaria belleza: rosas y lirios salpicaban un prado dorado donde jugaban liebres, cervatillos y aves multicolores. La joven se quedó aturdida un instante y, al no poder seguir tejiendo, cogió su aguja y se puso a coser.

—Date prisa, aguja —cantó la joven—, déjame la casa de punta en blanco. Pincha, cose, que mi prometido está al llegar.

La aguja se le escapó de las manos y entró volando en la estancia. La mesa se cubrió con un mantel bordado, las sillas con terciopelo y las ventanas con cortinas de seda. La joven se quedó maravillada.

En ese momento el príncipe se apeó del caballo, pisó la espléndida alfombra y abrió la puerta. La huérfana, con sus pobres ropas pero más hermosa que una rosa silvestre, le sonrió.

—¡Eres la más pobre y, a la vez, la más rica! ¿Quieres casarte conmigo?

La joven le tendió la mano.
El príncipe la llevó a palacio,
donde celebraron unas bodas
sencillas pero felices. Los esposos
guardaron el huso, la lanzadera
y la aguja en un cofre dorado y,
tiempo después, se lo enseñarían
a sus hijos al contarles
su historia.

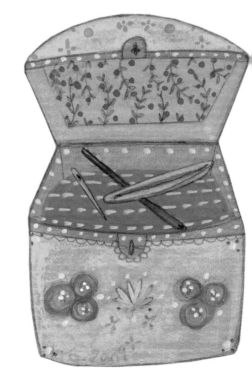

Saturnino y las fadas

Cuento e ilustracioness de Hélène Lasserre y Gilles Bonotaux

Durante el solsticio de verano se celebra en el monte bajo, por donde cantan las cigarras a la sombra de los pinos piñoneros, cuando el aire huele a tomillo, romero y adelfas, la gran reunión anual de las hadas, a las que también se llama «fadas».

—El mundo va de mal en peor —anunció la más anciana—. Los hombres se han vuelto tan pedestres y cuadriculados que todo se les antoja sin encanto. ¡Nada les sorprende, las bellezas que creamos para ellos les dejan indiferentes y algunos ni siquiera creen en nosotras!

—Fijaos —insistió otra fada—, la semana pasada les regalé un arco iris de fábula. ¡Ni siquiera levantaron la cabeza para contemplarlo…, y, encima, les molesta el canto de las cigarras!

—Sólo hay una solución: debemos buscar un elegido entre

los humanos para
que les guíe
hacia ideales
que vayan más
allá de su terruño
y les muestre
la belleza del mundo.
De este modo, decidieron enviar
emisarias a los cuatro confines del reino para
buscar a un recién nacido. Siete de ellas oyeron
los primeros gritos de un bebé, provenientes de una sencilla choza.
En el acto, las siete hadas, con el mismo deseo de hacer el bien,
irrumpieron en la habitación, para gran sorpresa de la madre y
de la comadrona.

Impacientes, todas tocaron al mismo tiempo la frente del
niño con el dedo: un gran rayo azul iluminó la escena.

—¿Qué hemos hecho? —exclamó una—. El retoño ha
debido de recibir una dosis realmente alta. En todo caso, ni una

palabra a la jefa. ¡No me gustaría que me degradasen a hechicera de segunda!

Juraron solemnemente velar por el destino del pequeño, que se llamaba Saturnino. Antes de partir, esparcieron polvos mágicos sobre la cabeza de ambas mujeres, para que lo olvidasen todo.

Pasó el tiempo. El bebé se convirtió en un niño, ni más guapo, ni más inteligente que la mayoría. Por el contrario, en comparación con otros niños de su edad, tenía reacciones y comportamientos raros…, realmente raros.

Con cinco años, Saturnino mostraba gran interés por las tormentas. En vez de temerlas como todo el mundo, salía bajo el aguacero y llamaba al rayo. A los siete, en vez de correr por el monte con los demás pilluelos del pueblo, Saturnino decoraba las rocas con extravagantes dibujos de barro.

A los doce, no recolectaba garbanzos, sino que recogía guijarros de tonos distintos para construir estructuras en miniatura, a cada cual más fantástica. Y suma y sigue… Sembraba

enredaderas en los huertos, amapolas y acianos en los trigales,
y prestaba más atención a la observación de las nubes que a la
vigilancia de cabras y ovejas.

Cuando se hizo adulto, ¡los aldeanos ya no podían con él!

La construcción de su propia casa fue la gota que colmó
el vaso.

En lugar de un edificio cuadrado como era lo normal,
el suyo lo hizo redondo. En lugar de una vivienda achaparrada,
la suya era alargada. Y nada de oscuras techumbres: terrazas
a cielo abierto. Hecha con guijarros multicolores, recubierta
de tierra en tonos dorados, pintada con colores vivos,
la casa no se parecía a nada que se hubiese visto antes.

—¡Esto ya es el colmo! Si pusiese el mismo
tesón en trabajar los campos, sería más útil —vociferó
un robusto campesino.

—¿Y las plantas de flor alrededor de su casa?
¿Acaso come flores? —refunfuñó una granjera
entrada en carnes.

—Este sujeto es un egoísta, un individualista que no hace nada por la comunidad. Merece una sanción ejemplar —sentenció el jefe de la aldea, garante del orden, de la disciplina y de la normalidad.

—¡A por el loco! ¡Cacemos al original! ¡Castiguemos al vanidoso! ¡Destruyamos su casa! —gritaba el gentío embravecido.

Saturnino vio desde la colina cómo destruían su obra.

—¿Por qué los demás no soportan a los que son diferentes a ellos? Yo no he hecho nada malo —se lamentaba, cuando vio aparecer, ante sus ojos nublados por el llanto, a las siete hadas.

—Es culpa nuestra, Saturnino —le dijo una de ellas—. Si eres diferente es porque te tocamos con un dedo: tú no eres ni inferior ni superior al resto, pero sientes la belleza del mundo con más intensidad que tus contemporáneos. No podemos deshacer lo hecho, pero podemos reconstruir tu casa. No te quedará más remedio que hacerte aceptar tal y como eres.

A la mañana siguiente, cuando los aldeanos se levantaron, descubrieron una casa aún más original que la anterior. Desde la terraza más alta, Saturnino habló al gentío. Les contó su historia y el incómodo don que le habían transmitido las fadas.

—Pero, ¡Saturnino, si las fadas te tocaron con el dedo, entonces tú eres uno de esos seres!

—Pues sí, amigos, ¡soy uno de esos seres!

—¡Viva Saturnino! ¡Viva el elegido por las fadas! —gritó la muchedumbre, que a menudo cambia de parecer.

Poco después, el rey, tal vez tocado él también por las hadas, oyó hablar de Saturnino. Curioso y con sensibilidad artística, le propuso el cargo de arquitecto del reino... y la mano de su hija. Como ella también era muy original, se gustaron, se amaron, se casaron y tuvieron muchas haditas.

Bodas e historias
de amor

La corona del rey de las serpientes

Cuento ilustrado por Céline Puthier

Antaño, en los tiempos en que los hombres y los animales estaban más unidos de lo que lo están ahora, existía una joven que llevaba a pastar su rebaño de ovejas a las montañas. Como era fresca cual frambuesa y animosa en el trabajo y en el baile, gustaba a todos los pastores y granjeros de los alrededores.

Pero el padre de la joven era un campesino orgulloso que poseía los rebaños de vacas y de ovejas más grandes del pueblo y deseaba casar a su hija con un propietario digno de ser su yerno. Uno de los pretendientes era un joven modesto que sólo poseía un puñado de ovejas blancas y del que el anciano no quería oír ni hablar. Más de una vez la joven lloró por el muchacho y se consoló diciéndose: «El tiempo pondrá las cosas en su sitio. Mi padre acabará dándose cuenta de que he encontrado un buen partido».

Mientras cuidaba de las ovejas en el prado, la joven tenía la

329

costumbre de cantar y hacer punto de cruz con hilo de seda: las flores parecían nacer bajo sus dedos mientras su perro perseguía a las ovejas que se alejaban demasiado.

«Cuando haya acabado de bordar esta camisa, mis penas habrán desaparecido», se dijo para animarse.

Un día que regresaba a casa tranquilamente, vio una serpiente herida cerca de un peñasco. Le conmovió verla sufrir.

—Toma un poco de leche, tal vez te ayude a recobrar fuerzas.

—Y vertió la leche por un hueco del peñasco.

La serpiente se arrastró hasta él, hundió la cabeza en la leche, se refrescó y recuperó fuerzas. Revitalizada, logró irse reptando.

—¡Pórtate bien! —le dijo la joven mientras desaparecía entre la hojarasca.

Llegaron los días sombríos del otoño y el padre de la joven regresó con sus rebaños desde las praderas alpinas, donde acababan de caer las primeras nieves.

En su ausencia, se había corrido el rumor de que buscaba un yerno digno de su única hija y numerosos pretendientes se presentaron en su casa para pedirle la mano de la joven. A las puertas del invierno también el joven modesto osó pedirla. Había vendido mucha lana y queso. Su rebaño había crecido en varias cabezas. Su casa tenía muy buen aspecto. Sólo le faltaba una esposa.

El campesino miró de reojo al indeseable y le dijo con falsa amabilidad:

—Te daré a mi hija con una sola condición. Has de saber que el día en que nació me juré que sólo la casaría con un buen campesino. Puedes presumir de tener buenos quesos, lana blanca, manos hábiles y buena cabeza. Pero no consentiré tomarte por yerno hasta que no tengas tantas ovejas como yo.

Estas palabras entristecieron al joven. La muchacha bajó la cabeza. Las duras palabras de su padre le quitaron todas las ganas de cantar y bailar. Sin embargo, no cambió de sentimientos ni miró ni escuchó a otro más que a su amado.

—En primavera entraré a trabajar en una gran lechería y me ganaré bien la vida. ¿Me esperarás hasta entonces? Quizá tu padre te obligue a convertirte en la esposa de un rico propietario… —se inquietó el muchacho.

—¡Aun así te esperaré! —suspiró la joven.

Pronto la granja fue víctima de varios desastres. Un dragón escupidor de fuego apareció noche tras noche. Incendió los graneros y mermó los pastos de la aldea. No se saciaba ni con un rebaño entero.

Al final, el rico granjero se resignó a vender las vacas y las ovejas en el mercado de la ciudad. Y en su prisa por desembarazarse de ellas para ahorrarles servir de alimento al dragón, no consiguió un buen precio.

El invierno llegó antes de lo habitual. Aquel año cayó nieve por toneladas. Se sucedieron las tormentas y el frío hizo estragos. El heno para las bestias empezó a escasear.

Cuando volvió el buen tiempo y el sol fundió las nieves del invierno, el joven modesto osó por fin volver a pedir la mano de su amada, pues ahora poseía un rebaño más numeroso que el de su futuro suegro.

Aliviada, la joven novia se preparó para la boda. No le preocupaba no ser ya la joven más rica del pueblo. En cuanto al muchacho, cuando fue corriendo a pedirla, le pareció caminar sobre algodones de lo contento que estaba. Cuando la joven terminaba de trenzarse el cabello, una serpiente con una corona de oro se coló en su habitación y le dijo:

—He venido a agradecerte que no me dejaras morir allí en aquel peñasco. Te traigo una corona de bodas. ¡Espero que te dé fortuna!

La serpiente desapareció con el mismo misterio con el que había llegado. La sorprendida joven se puso la corona y, durante las fiesta de los esponsales que siguieron, nadie recordaba haber visto una novia más guapa. Resplandecía en el umbral de su morada.

A partir de entonces no les abandonaron ni la suerte ni la felicidad. Por el contrario, les acompañarían a lo largo de toda la vida, hasta la vejez. La corona de la serpiente tuvo algo que ver, no cabe duda.

Cielarko

Cuento e ilustraciones de Sandrine Morgan

En el país de Cielarko, toda la vida es en colores. Rosa es la hija del pescador. Cuando cruza la aldea, el frufrú de su vestido embelesa. Algunos le lanzan miradas recelosas porque nunca han visto rosas sin espinas. Pero la señora Pedal le dedica a Rosa una mirada dulce llena de fe y de esperanza.

—¡Qué guapa eres, Rosa! —exclama al verla—. Le he preparado unos cebos a tu padre, dile que se pase a verme antes de ir a pescar.

—Sí, madrina —le dice Rosa a la señora Pedal, que se había encargado de ella a la muerte de su madre. Pero ¿había sido una suerte? Esta mujer posee extraños poderes. Y muchos la ignoran.

—Ya es hora de volver —se dice Rosa, que coge el sendero que bordea la duna costera hasta la pirámide de la Luna: a la derecha, el océano y, a lo lejos, la isla azul real. Rosa suele ir allí a pasar el rato. Por el camino recoge bonitas conchas naranjas con las que hace collares preciosos. Pero las coquetas del lugar no son tan ricas. Tendría

que hacerse a la mar y probar suerte con las damas de la corte…

En la cima del templo solar, Rosa descubre un magnífico

spóndilus, ¡la concha mágica que a sus

antepasados les gustaba lucir!

Tostado por el sol y pulido por la arena, es un tesoro que rápidamente esconde en su regazo.

—¡Aquí estás, hija mía! —exclama su anciano padre.

Los peces plateados que atrapa con sus redes son su orgullo.

En Cielarko, la mar es un oficio de hombres. Rosa sabe que pronto tendrá que casarse con un marino. Pero a ella le gusta pescar conchas en su mar de arena, y no está preparada para dejar a su padre.

Con las prisas por volver a admirar, en la penumbra de su

cuarto, la concha fantástica, la joven olvida los cebos de la señora Pedal. Se la acerca para verla mejor y, en el fondo del caparazón, silba una suave voz azul marino:

> *«¡Salud, Rosa de las arenas!*
> *Rosa, la que libera*
> *a la criatura que renace,*
> *de las arenas la heredera!».*

—¿Quién eres tú, vocecilla? —le pregunta Rosa intrigada—. ¿Qué quieres de mí?

Y la voz azul le responde:

> *«Soy el eco de tu corazón.*
> *Guardarme es una equivocación.*
> *Libérame y, en la mar,*
> *de tu madre la inspiración*
> *revelará tu azar».*

La joven no entiende nada e intenta durante un buen rato encontrarle sentido antes de quedarse dormida.

Al amanecer, el pescador parte a la mar sin los cebos. «Si vendiese la concha, mi padre podría dejar la pesca, que le consume», piensa Rosa. Pero la concha es tan extraordinaria… No se puede vender como un vulgar collar. Desamparada, va a ver a la señora Pedal, quien, antes de sembrar su parcela, arranca los hierbajos que la invaden.

—¿Qué es lo que quieres, hija mía? ¿Le diste mi mensaje a tu padre? —La joven se sonroja y confiesa su olvido—. ¡Qué mala pata! —se lamenta la mujer.

—Madrina, he hecho un extraño descubrimiento y necesito tu consejo —le dice Rosa, y le desvela su secreto. ¿Qué ha de hacer?

—Tienes que devolver la concha al mar, si no, te traerá mala suerte y tu destino nunca se cumplirá —le aconseja la señora Pedal, que trenza una corona con tres ramitas llenas de espinas—. Es tu castigo, la rosa. La llevarás por no haber transmitido mi mensaje. Y ahora tienes que devolver el spóndilus al mar. Ponte para ello todos tus collares pero no te separes de la corona de espinas. ¡Date prisa, niña!

Cuando deja a su madrina, Rosa lamenta tener que separarse de su tesoro. Pero esta vez obedece porque teme atraer la mala suerte. Coge sus collares y la concha mágica y va corriendo al mar para tirarla. Se hunde en el agua y Rosa se echa a llorar. ¡Lo que encontró se ha perdido!

Pero resurge a la superficie, crece, se despliega y se transforma en un velero con alas verdes. Desde el puente cae hasta los pies de Rosa un arco iris que la invita a embarcar. El velero pone entonces rumbo a la isla azul, al reino inaccesible.

A través de un nuevo puente arco iris, Rosa llega a la orilla, mientras la embarcación se repliega sobre sí misma y desaparece en las aguas. Sólo tiene sus collares y una corona de espinas. Va a llamar a las puertas del palacio para ofrecer sus joyas de concha.

¡Qué éxito! La reina no tarda en querer, también ella, un adorno marino. A Rosa le presentan a la soberana, quien, para darle las gracias, le invita al baile de pretendientes que da su hijo. Todas las jóvenes llevan collares a la última moda. Rosa lo ha vendido todo y su único adorno está lleno de espinas. El príncipe, vestido de púrpura, la invita a bailar.

Giran y giran, resuena el frufrú del vestido,

y la corona de espinas se convierte,

a los ojos del joven, en una corona

de oro digna de su princesa.

Se anuncia el casamiento. Invitan al viejo pescador y a la señora Pedal. Unos meses después, el padre y la madrina, contagiados
por la felicidad de Rosa, se casan y se van a vivir a la isla, donde podrán
ver crecer a sus nietos.

El hada del bosquecito

Cuento e ilustraciones de Éphémère

Érase una vez, en un bosquecito, un hada que vivía en una casita. Esta casa no parecía la morada de un hada. Cualquiera imaginaría una mansión con el tejado en punta, con miles de ventanitas, dominando un acogedor claro en medio de un magnífico bosque.

Pero no, la modesta casita del hada Lucy no era más que una simple choza con una chimenea de piedra que arrojaba un penacho de humo blanco por encima del bosquecito.

Lucy, que vivía sola, era hermosa, mucho más que todas las princesas de los alrededores. En las aldeas del valle se hablaba de su elegancia, aunque también más allá de las colinas, por las montañas del norte. Los ecos de su belleza llegaron un día a oídos del príncipe del Reino de las Nieves.

Este príncipe, de nombre Donan, era guapo y fuerte. Vivía en un castillo de hielo cuyos tejados resplandecían bajo el sol del norte. La delicadeza de las esculturas que decoraban las murallas le había dado al reino su prestigio.

Un buen día tomó la decisión de dejar atrás la nieve para recorrer las montañas en su trineo, tirado por una jauría de perros. Después, atravesó los lagos remando en su piragua. Y caminó por las llanuras para descubrir a la fascinante hada que vivía en aquellas tierras desconocidas.

Así fue como una mañana vio una casita en el fondo de un bosque y se acercó. Cuando descubrió a Lucy, que le pareció de una belleza extraordinaria, le preguntó dónde estaba el palacio del hada de la que tanto hablaban.

—Si buscáis a un hada llamada Lucy, aquí me tenéis, príncipe —le anunció la joven hada—. Pero palacios no tengo ninguno. Me basta con esta humilde morada. ¿Queréis descansar?

—Ah, yo… Sí, gracias —respondió Donan, que no esperaba que en una casa tan modesta viviese un hada tan primorosa.

Lucy hospedó en su casita al príncipe como correspondía. Su belleza pronto cautivó a Donan, que no le quitaba los ojos de encima. La leyenda no era mentira, no había princesa más bella que la joven hada.

Lucy se había enamorado del príncipe a primera vista. Le habría seguido hasta el fin del mundo. Y cuando, pasados unos días, éste le declaró su amor y le preguntó si consentía en ir a vivir a su lado en el Reino de las Nieves. Aceptó al instante.

Lucy dejó así su modesta casita del bosquecito con un resquicio de pena en el corazón, pero, como partía para vivir con su amado, lo demás no tenía importancia.

Atravesaron las praderas, surcaron los lagos y franquearon las montañas hasta llegar al reino de Donan.

Lucy se quedó maravillada ante el castillo de los mil reflejos que brillaba bajo la luz del sol poniente. Era todo tan delicado, tan preciso. Estaba deslumbrada por el príncipe y el reino.

Al día siguiente de su llegada, la joven hada quiso visitar el fabuloso palacio, pero el príncipe le explicó que las paredes de hielo eran tan finas como el cristal y era muy peligroso pasearse así sin más. Lucy tuvo que regresar a su cuarto.

Al otro día le preguntó al príncipe si podía llevarla en su trineo por los bosques nevados, pero Donan le dijo que el frío de las montañas era tan gélido que su sensible piel corría el peligro de secarse. Decepcionada, Lucy volvió a su cuarto.

Al cuarto día quiso subir a lo alto de la torre más alta del palacio para admirar la puesta de sol, pero el príncipe le advirtió de que la luz solar, de gran potencia en su reino, le desteñiría el azul de los ojos. Regresó entonces a su cuarto y abrió la ventana para respirar el aire fresco de las montañas, pero Donan la cerró corriendo, porque el viento podía enmarañar su bella melena color ámbar, y quería que estuviese resplandeciente durante la boda que se anunciaba.

No importaba qué hiciese o qué dijese, Lucy tenía la impresión de estar en una prisión dorada. Todo era maravillosamente bello en aquel magnífico palacio. Bello y congelado como el hielo de sus muros. La joven hada no era más que otro diamante entre tanta perfección, y el príncipe sólo estaba enamorado de su belleza.

Lucy se acordó entonces de que era un hada. Y una mañana, poco antes de la boda, con un simple deseo mágico, regresó a su bosquecito, donde podía pasearse libremente, y a su modesta choza, con su chimenea de piedra humeando por encima de los árboles. Por supuesto, todo era menos lujoso que en el palacio del príncipe, pero era libre para ir y venir, para contemplar el sol y respirar aire fresco. Era libre para vivir como mejor le parecía.

Lucy no volvió a oír hablar ni de Donan ni del Reino de las Nieves, y vivió feliz el resto de su vida, en su casita, en el fondo del bosquecito.

La pequeña Mette

Cuento ilustrado por Laura Guéry

En otros tiempos vivía en un lejano país una delicada joven a la que llamaban «pequeña Mette». Al principio cuidaba de las ocas, pero luego se hizo pastora. Se ocupaba de un rebaño de ovejas a las que tocaba con su cálamo canciones tristes o alegres, según su humor.

Cierto día un príncipe inglés decidió ir en busca de una esposa. Quería una princesa modesta, sincera, aplicada y amable. Y partió en su búsqueda.

Cuando pasó al lado de la pastorcilla, le preguntó:

—Buenos días, pequeña Mette, ¿cómo estás?

—Bien —respondió la pastora—, pero podía estar mejor si me casase con el hijo de un rey inglés, porque no volvería a llevar andrajos y tendría un bonito vestido de oro puro.

—Eso nunca sucederá —le dijo riendo el príncipe inglés.

—¡Pues claro que sí! —respondió tranquilamente Mette, que empezó a tocarles una alegre tonada a sus ovejas.

El príncipe prosiguió su camino hasta el reino vecino. Allí encontró a una hermosa princesa, la pidió en matrimonio y la invitó a ir a su castillo para que viera dónde viviría tras la boda. La princesa le prometió que iría y el príncipe regresó satisfecho a su casa.

Poco tiempo después, la princesa fue a visitar al príncipe, tal y como había prometido. El camino pasaba cerca de la pradera donde pastaban las ovejas de la pequeña Mette.

La princesa se detuvo, saludó a la pastora y le preguntó:

—¿Cómo está el príncipe inglés?

—Está bien —respondió Mette—. Pero te diré algo que quizá no sepas. A la entrada de su castillo hay una piedra que revela el carácter de quien la pisa. Te aviso de que la piedra nunca se equivoca.

—Pero ¿por qué me cuentas eso? —dijo la princesa con una sonrisa, y prosiguió su camino hasta el castillo.

El príncipe fue a recibirla, la ayudó a bajar del caballo y la condujo al castillo. Pero en cuanto la princesa pisó la piedra misteriosa de la entrada, se oyó una vocecita:

«Esta muchacha, todos lo saben,

siempre miente y gusta de embaucar.

Es tan tonta como guapa,

más vaga que ella no habrá.

¡Príncipe mío, si la crees,

tu reino y tú habéis de perder!».

Cuando el príncipe escuchó aquello, perdió al instante las ganas de casarse con ella. Le hizo una reverencia, le agradeció la visita y la mandó a su casa.

Unos meses más tarde, el príncipe volvió a salir en busca de una esposa. Y de nuevo, al pasar delante del rebaño de la pequeña Mette, la saludó con alegría:

—¿Qué tal, pequeña Mette? ¿Cómo estás?

—Bien —respondió Mette—, pero estaré mejor cuando me case con el hijo de un rey inglés. Todavía llevo andrajos, pero después de la boda sólo he de vestir de oro puro.

—Pero eso no sucederá nunca —le dijo el príncipe riendo.

—¡Pues claro que sí! —insistió la pequeña Mette, que empezó a tocarles una alegre tonada a sus ovejas.

En un lejano país el príncipe encontró a una princesa que le gustó: era hermosa, rica y aparentemente amable.

Y una vez más el príncipe le propuso ir a visitar el castillo, antes de la boda. La princesa se lo prometió y pronto estuvo de visita en la morada de su futuro esposo.

Pasó junto al rebaño de ovejas y le gritó a la pastora:

—¡Eh, pastora! ¿Cómo está el príncipe inglés?

—Creo que está muy bien —respondió Mette—, pero ¿sabes que en la entrada de su castillo hay una gran piedra que, al pisarla, revela el carácter de la persona?

—No entiendo por qué me cuentas eso —replicó la princesa, y continuó su camino hacia el castillo.

En cuanto se acercó al castillo el príncipe fue a recibirla y la acompañó hasta la entrada.

Pero nada más poner el pie en la piedra mágica, una extraña vocecilla dijo:

«Es muy conocida esta princesa
por su abrupta crudeza.
Sus palabras dulces como la miel
esconden un alma llena de hiel.
¡Príncipe mío, si la crees,
tu reino y tú habéis de perder!».

El príncipe no quería una mujer así, le hizo una reverencia a la princesa y le rogó que volviese a su país.

Durante un tiempo el príncipe, decepcionado por ambos fracasos, abandonó sus planes de boda.

«Algo debo de hacer mal, porque nunca elijo bien», se dijo.

Pero pasado un tiempo, el castillo se le antojaba muy triste sin una presencia femenina y por tercera vez marchó en busca de una esposa.

Pasó de nuevo por delante de la pastora y le preguntó:

—Buenos días, pequeña Mette, ¿cómo estás?

—Bien, pero estaré mejor cuando me case con el hijo de un rey inglés —respondió Mette—. Todavía llevo andrajos, pero después de la boda sólo vestiré de oro puro.

—¡Anda, anda, tú tranquila que eso nunca sucederá! —le contestó el príncipe con una sonrisa.

—¡Pues claro que sí! —insistió la pequeña Mette, que empezó a tocarles una alegre tonada a sus ovejas.

El príncipe buscó durante mucho tiempo y por fin encontró, en un remoto país, a una princesa con la que casarse. La invitó también al castillo para que la piedra mágica le revelase si su futura esposa era buena y sincera.

La princesa fue. De camino al castillo se cruzó con la pastora y le preguntó:

—Pastora, ¿no sabrías decirme cómo está el príncipe inglés?

—Está bien —respondió Mette—, pero supongo que no sabes que, a las puertas del castillo, hay una piedra mágica que desenmascara el carácter real de todos los que la pisan. ¡Y nunca se equivoca!

—¡Ah, por eso han echado ya a dos princesas! —exclamó la tercera princesa.

—Sí, la piedra mágica le reveló al príncipe su carácter auténtico, pues en realidad eran malvadas —le explicó la pequeña Mette.

—Escucha, pastora —le propuso la princesa—, ¿quieres que nos cambiemos los vestidos? Así tendrás ocasión de visitar el castillo del príncipe inglés y, mientras, yo te vigilo las ovejas.

Mette aceptó de buena gana, se puso el vestido de la princesa, que le sentaba muy bien, y partió hacia el castillo del príncipe.

Cuando el príncipe la tomó de la mano, se sonrojó de la emoción. Y apenas pisó la piedra mágica, se escuchó la vocecilla:

«Esta joven es otro cantar.

Como el agua su alma es clara.

Modesta, franca y estupenda,

como el hada de las leyendas.

¡Príncipe mío, créela

y la felicidad hallarás!».

—Por fin he encontrado a mi futura esposa —se alegró el príncipe. Le enseñó el castillo a Mette, disfrazada de princesa, la invitó a comer y a beber y, al despedirla, coló entre sus cabellos un anillo de oro, con tanta destreza que la pequeña Mette no se dio ni cuenta. Lo había hecho para asegurarse de que fuese ella y no otra su esposa. La boda se fijó para el mes siguiente, con tiempo suficiente para preparar las habitaciones, las flores y el banquete.

Cuando la pequeña Mette regresó con sus ovejas, se puso su vestido y le contó todo lo que había ocurrido en el castillo a la princesa, que se quedó muy contenta y se felicitó por la idea de mandar a la pastora en su lugar al castillo. Sabía que no tenía buen carácter, pero el príncipe inglés no se enteraría y, gracias a esta artimaña, se casaría con él.

El mes pasó muy rápido, todo estaba listo para la boda y el príncipe fue en busca de su prometida.

Al pasar delante de la pequeña Mette, le preguntó:

—Buenos días, pequeña Mette, ¿cómo estás?

—Bien, pero estaré mejor cuando me case con el hijo de un rey inglés —respondió Mette—. Todavía llevo andrajos, pero después de la boda sólo vestiré de oro puro.

El príncipe miró detenidamente a la pequeña Mette y tuvo la impresión de ver brillar algo en su pelo.

—Parece que tienes una estrellita en el pelo, pequeña Mette, a no ser que sea un rayo de sol extraviado —dijo con ternura el príncipe. Se acercó a la hermosa pastora y contempló de cerca su melena.

¡Y se sorprendió al ver que se trataba de su propio anillo!

Al instante comprendió que había sido la pequeña Mette la que había pisado la piedra mágica, en lugar de la infame princesa.

Y como las princesas le habían engañado ya varias veces, decidió casarse con la pequeña Mette, que tan amable y buena era. Y la llevó con él al castillo.

Así fue como se celebró una boda principesca y se cumplió el sueño de la pequeña Mette, pues se casó con el hijo de un rey inglés y desde entonces sólo vistió de oro puro.

El lunar mágico

Cuento ilustrado por Bruno David

Érase una vez un zar que tenía una hija llamada Ljubica. La joven era tan testadura como guapa: quizá por el lunar mágico que según contaban le permitía practicar magia y que escondía con celo a los ojos de todos.

Cuando Ljubica cumplió los dieciocho años, el zar, cansado de reinar, decidió casarla, pues el imperio necesitaba un soberano joven y vigoroso.

—De acuerdo, padre —respondió la joven—, pero no quiero a cualquier esposo. Tendrá que ser amable, valeroso y, sobre todo, ingenioso, para merecer tu corona de zar y mi mano.

El zar esbozó una mueca:

—Pero ¿cómo vas a encontrar un esposo así entre las familias de soberanos?

—No tiene por qué ser un príncipe, ni siquiera el hijo de un zar —atajó Ljubica—. Sólo ha de saber la respuesta a una pregunta.

—¿A cuál?

—¿Dónde tengo mi lunar mágico?

—¿Y dónde lo tienes? Ni siquiera yo lo sé —preguntó con curiosidad el rey.

—¿No creerás que te lo voy a decir? —le contestó la joven—, para que se lo cuentes a ese príncipe pelirrojo de Castelrojo que no para de hacerme la corte y de traerme buñuelos indigestos.

Y se fue dando un portazo.

El zar se negó durante un tiempo a ceder al capricho de su hija, pero al final mandó al heraldo público que anunciase la noticia, la hizo imprimir en un pergamino y la mandó con sus correos al extranjero, y, por supuesto, también al príncipe pelirrojo de Castelrojo.

Al cabo de una semana numerosos pretendientes se congregaron en la sala de honor del palacio. El zar les repitió una última vez el enigma y Ljubica añadió con voz seductora:

—Cada cual tiene derecho a una única respuesta. ¡Y el que se equivoque se convertirá en oveja!

Como podéis imaginar, la mayoría de los pretendientes al trono y a la boda prefirieron irse de la sala disimuladamente.

—¿Ves? —gruñó el zar al oído de Ljubica—, ¿ves lo que has conseguido con tus estúpidas ideas?

Pero, como siempre, la joven tenía una respuesta:

—Al menos así puedo ver quiénes temen a su propia sombra.

El resto de pretendientes intentaron adivinar el enigma, pero al final, en lugar de anunciar la boda de la princesa y la subida al trono de un nuevo zar con salvas de cañones, llevaron a los establos reales un rebaño de ovejas. El anciano zar exigió cuidados especiales para la oveja pelirroja.

Desde entonces dejó de hablar con su hija, pero ésta no paraba de reírse al ver cómo el rebaño iba en aumento, si bien más lentamente.

Hasta el día en que el hijo de un mercader se enteró de la existencia del extraño enigma. Se llamaba Milan y, como le gustaba adivinar acertijos y jeroglíficos, quiso probar suerte con el de la princesa. Además, Ljubica le atraía y la corona del zar tampoco le disgustaba.

«Pero no quiero que me pase como al resto de pretendientes y contentarme con dar una respuesta al azar para acabar balando en un establo —se dijo—. Antes tengo que localizar con certeza el lunar.»

Y he aquí el plan que elaboró: no se presentaría en palacio como pretendiente, sino como un mercader de un lejano país. Le llevaría a la princesa los más hermosos caftanes, bombachos, chales, velos, alhajas… Todo lo que pudiese llevar con él. Y cuando se los probase, conseguiría verle el lunar.

No lo creeréis pero ya el primer día, cuando llegó con sus collares, sus anillos, pulseras y demás joyas, lo descubrió. Como Ljubica se quiso probar los nuevos pendientes, tuvo que quitarse los que llevaba puestos, dos bonitas estrellas doradas. Pero sólo se quitó uno, el otro se lo dejó puesto en la oreja derecha y se puso el nuevo por encima. Cuando se hubo probado todas las joyas, se colocó en la oreja derecha su pendiente antiguo, de modo que dos estrellas de oro volvían a adornar su rostro.

—¿Me permite, princesa? —le preguntó Milan. Y a pesar de las protestas de la joven, cogió el lóbulo sospechoso y lo observó con

detenimiento. Luego dijo fingiendo indiferencia——: Vaya, parece que esa estrella es su lunar mágico, ¿no es así? Al parecer pronto seré zar…

—En efecto, pues has resuelto el enigma —respondió Ljubica con una sonrisa cautivadora. Y luego añadió con una sonrisa más radiante aún——: Y me harás tu esposa…

—¡Ah, no, ni loco! —exclamó el joven—. ¿Para qué?, ¿para acabar un día en los establos del zar, balando con el resto de ovejas?

—Ésos eran unos idiotas —replicó Ljubica rápidamente—. ¡A ti nunca te haría eso!

Pero el joven insistió:

—No intentes convencerme, a menos que…

—¿A menos que qué?

—Pues a menos que les devuelvas a esas ovejas su aspecto humano.

Ljubica consintió al instante:

—Ven a la ventana, desde aquí se ven los establos. Verás con tus propios ojos cómo cumplo tu deseo…

Se frotó entonces la estrella de oro entre el pulgar y el índice y, acto seguido, todas las ovejas se convirtieron en príncipes, hijos de zares o condes, y todos salieron disparados del establo, cada uno a su casa. El más veloz, por descontado, fue el príncipe pelirrojo.

La princesa soltó entonces el lóbulo, pero, ¡oh, sorpresa!, ¡su lunar mágico había desaparecido!

—Me parece que se te ha acabado la brujería —observó Milan sonriendo, y Ljubica fue corriendo al espejo. Le rodaron lágrimas por las mejillas.

—Lo ves, es todo culpa tuya. Ahora nadie me respetará…

—¿Qué respeto? La gente teme tus caprichos

—replicó el joven, y se dispuso a partir.

Pero ahora Ljubica

lloraba a lágrima viva:

—No te vayas,

¿adónde vas a ir?

Ya no te puedo

hacer daño.

¿No te gusto un poco,

por lo menos?

—No mucho. Pero si

dejas de llorar y me

pones una bonita

sonrisa, si me abrazas

y me das un beso,

entonces a lo mejor…

¡Cuántas caricias y besos…!

Y cuando el viejo zar fue a llamar a Ljubica para almorzar, los jóvenes apenas le escucharon. Éste juntó las manos y exclamó:

—¡Bendito sea Dios! Por fin podré ir a pescar y mi hija se casará. ¡No soportaba vivir con ella ni un día más!

Y, en efecto, el mismo día después de la boda, se fue a pescar y atrapó una anguila enorme. Me la enseñó.

La cosa más valiosa del mundo

Cuento ilustrado por Céline Puthier

Éranse una vez un viejo rey, padre de tres hijos, y una reina de un país vecino, viuda y madre de una joven. Un día el rey se casó con la reina y ésta fue a vivir con su hija bajo el mismo techo que los tres hijos del rey. Y pasó lo que tenía que pasar: la joven era tan guapa, tan dulce y grácil que los tres muchachos se enamoraron perdidamente de ella. Como los tres no podían desposarla, le pidieron al padre que decidiera quién sería el marido.

—¿Cómo habría de elegir entre vosotros? —suspiró el rey—. Los tres la queréis tanto… Y la princesa, ¿no tiene una preferencia?

—No dice nada —respondieron los tres hijos.

—Pues voy a tener que zanjar la cuestión —dijo el rey, muy

contrariado—. ¡Id a recorrer mundo! El que de vosotros me traiga la cosa más valiosa será su esposo.

Los príncipes partieron al día siguiente.

El mayor llegó a una gran ciudad y se puso a buscar cosas valiosas: husmeó por mercados, rebuscó por tiendas, llamó a todas las puertas, removió cielo y tierra, sin encontrar nada. Cierto día un

mercader le ofreció una alfombra. Estaba finamente tejida y tenía bellos colores, pero no era en realidad la cosa más valiosa del mundo. El príncipe se disponía a dar media vuelta cuando el mercader accionó un resorte secreto y la alfombra se elevó del suelo.

—Es una alfombra voladora —dijo el mercader.

Al príncipe se le iluminó la cara:

—¡Te la compro! Te pagaré lo que quieras.

Le dio mil monedas de oro al mercader, saltó sobre la alfombra, se fue volando por los aires y puso rumbo a casa.

Entre tanto, el segundo príncipe se encontró en una aldea con un hombre que poseía unos gemelos sorprendentes. Sólo había que pensar en alguien y mirar luego por ellos para ver a la persona en cuestión. El príncipe pensó en su hermano mayor y lo vio volando

por el cielo en su alfombra. «¿Qué puedo encontrar más valioso que estos gemelos?», pensó.

—Te los compro —le dijo al hombre—. Te pagaré el precio que me digas.

Le dio mil monedas de oro, guardó los gemelos en su bolsa, montó en su caballo y puso rumbo a casa.

El más joven de los hermanos también tuvo suerte. Llegó a una ciudad donde un anciano vendía manzanas.

—¡Comprad mis manzanas mágicas! —gritaba—. Curan a los enfermos que se las ponen en la mejilla y aspiran su aroma.

Como pensó que no encontraría nada más valioso, el príncipe le compró una por mil monedas de oro, la metió en su bolsa y puso rumbo a casa.

El segundo príncipe miró por sus gemelos y vio que su hermano mayor no estaba lejos. Espoleó a su caballo y galopó un rato hasta que estuvo bajo la alfombra voladora.

—¡Eh, eh! —gritó.

Y su hermano, muy contento de verle, aterrizó a su lado.

—¿Sabes dónde está nuestro hermanito? —le preguntó con picardía el segundo príncipe.

—No —respondió el mayor.

—¡Mira por estos gemelos y lo sabrás!

El mayor hizo lo que le decía su hermano y vio al pequeño por el camino de vuelta.

—Vayamos volando a reunirnos con él.

Así los tres hermanos con sus caballos surcaron juntos los cielos, sobrevolando llanuras y montañas. Estaban cerca del castillo cuando el pequeño miró por los gemelos.

—¡Qué desgracia! —gritó.

Su hermosa princesa se encontraba postrada en cama, pálida, consumida… Estaba enferma y todos los que la rodeaban temían por su vida.

—¡Rápido! —dijo el pequeño—. ¡Volvamos antes de que sea demasiado tarde! ¡La curaré con mi manzana mágica!

La alfombra voló como un rayo y, al instante, los tres hermanos estuvieron en el castillo. El pequeño corrió a la habitación de la princesa y le puso la manzana contra la mejilla. Ella aspiró la deliciosa fragancia y abrió los ojos. Estaba curada.

Poco después, los tres príncipes fueron a ver a su padre para que les dijese quién había traído la cosa más valiosa y quién merecía por tanto la mano de la princesa.

—Con mi manzana mágica, la he salvado de una muerte segura —dijo el pequeño.

—Sin mis gemelos, nunca habríamos sabido que estaba enferma —dijo el segundo.

—Y sin mi alfombra voladora no habríamos llegado a tiempo —concluyó el mayor.

—Creo —dijo el rey tras una breve reflexión— que todo el mérito recae en aquel de vosotros que posee los gemelos.

Los otros dos hermanos, decepcionados, aceptaron sin rencores la decisión del padre. El rey fue a la habitación de la princesa para anunciarle que le daría a su segundo hijo por esposo.

—Pero yo no lo quiero a él por esposo —murmuró—, yo quiero con todo mi corazón a vuestro benjamín.

—¡Bueno, pues si ése es tu deseo, te casarás con él!

Sin embargo, pensó que era una pena que no lo hubiese dicho antes, así sus hijos no habrían tenido que recorrer el vasto mundo. En cuanto a mí, yo me alegro, porque si lo hubiese dicho antes no os habría podido contar este cuento.

Miseria y pobreza

El caballero de piedra

Cuento ilustrado por Didier Graffet

Todavía hoy el castillo suizo de Waldenburgo domina orgulloso la ciudad y el valle que se extiende hasta donde alcanza la vista. El señor del castillo, el caballero Jean, era también muy orgulloso y sólo pensaba en batallas y placeres. Sin embargo, no le gustaba ver disfrutar a sus súbditos en su presencia. Su mayor alegría era verles temblar ante él.

Pero Jean de Waldenburgo solía estar de mal humor. Como le daba miedo quedarse a solas en su inmenso castillo, a menudo invitaba a nobles de los alrededores a que le visitasen. Las mesas de la sala de banquetes se doblaban bajo el peso de las viandas y de los platos, mientras el vino corría a raudales. Por la misma época, en las chozas del valle costaba ver un mendrugo de pan. Cuando Jean salía a cazar, el bosque temblaba con el sonido de su cuerno. Mientras, en los campos, bajo el látigo de los procuradores del caballero, los campe-

sinos sudaban. Uno de ellos vivía en una miserable cabaña en las lindes de la ciudad, con su mujer y sus numerosos hijos. Había, por tanto, muchas bocas hambrientas a la mesa. ¿Cómo iba el pobre labrador a alimentarlas cuando le obligaban a trabajar los campos del reino con el fin de darle al señor la mejor cosecha para llenar sus graneros? En cuanto la nieve desaparecía de los sembrados, de sol a sombra tenía que labrar, arar, abonar, sembrar y segar con el resto de siervos. Sólo por la noche podía cultivar su propia tierra. Los meses pasaron así, hasta que acabó el verano. En la cabaña el hambre empezaba a hacer estragos, mientras el trigo ya estaba más que maduro. El grano empezaba a desperdigarse, era hora de segar.

Los campos del caballero se segaron al milímetro. El labrador pensó que podría descansar unos días para cultivar su pequeña parcela.

Sin embargo, una mañana, con la aurora, el procurador llamó a su puerta y a gritos le dijo al labrador que el señor le esperaba en el castillo. Tenía que llevar piedras para la construcción de un ala nueva.

En ese preciso instante, el último recién nacido, hambriento, se puso a llorar en la choza. Los ojos del labrador se llenaron entonces de rabia y cólera. Cogió un cuenco de un estante, se lo plantó en las manos al procurador y le dijo: «Vaya a decirle al señor que rellene este cuenco al menos una vez al día en la cocina del castillo para que mi familia no muera de hambre. Sólo entonces obedeceré sus órdenes. ¡Si no, no me moveré de aquí!».

El procurador se fue, pero volvió al poco con dos guardias.

En vano la mujer les suplicó y los niños lloraron.

Los soldados cogieron al campesino

y lo llevaron al castillo para que se enfrentase a Jean de Waldenburgo en persona, que era propenso a los arrebatos de cólera.

—¡Que lo lleven al torreón y que lo encierren en la celda más oscura! ¡Que se queje de su miseria a los sapos! —ordenó.

Su familia esperó al labrador todo el día, en vano. No regresó tampoco al día siguiente, ni a la otra semana, ni siquiera en todo el otoño. Las primeras nieves anunciaron el invierno. Cuando se hubieron comido el último trocito de pan cocinado con la harina prestada por los vecinos, la mujer del campesino se sentó ante la mesa vacía y se echó a llorar.

—No llores, mamá —le dijo el hijo mayor—. Iremos al castillo y le pediremos al caballero que deje que papá vuelva a casa y todo se arreglará.

«Tal vez se enternezca al ver a mis pobres huérfanos», se dijo la madre. Cogió en brazos al más pequeño, los demás la siguieron cogidos de la mano, y todos juntos se encaminaron al castillo de Waldenburgo. La nieve era espesa, costaba avanzar.

Al acercarse a la verja, oyeron el sonido de los cuernos

de caza y los ladridos de los galgos. De pronto el puente levadizo bajó y algunos cazadores a caballo salieron del castillo, acompañados de batidores con jaurías y halconeros con aves de presa. En efecto, ese día Jean de Waldenburgo había decidido salir a cazar jabalíes y grévoles.

Unos siervos que estaban delante de la verja del castillo tuvieron que apartarse de un salto. Pero la mujer del labrador cortó el paso al alazán del caballero. Se arrodilló y suplicó al señor que liberase a su marido: «Señor, devuélvale el padre a estos niños, y deles un trozo de pan, que llevan sin comer desde ayer. No tiene que ser mayor que el que dais a vuestros galgos. ¡Apiadaos, por el amor de Dios!». Luego señaló a sus hijos, que temblaban de frío en sus ropas raídas.

La cara del caballero era un poema. Llamó a uno de sus batidores y, señalando con el dedo un pedrusco del camino, le ordenó que lo pusiese en las manos suplicantes de la mujer.

—¡Aquí tienes tu pan, campesina avariciosa! Está un

poco duro pero por lo menos no se reviene nunca. ¡Y en cuanto os lo hayáis comido, soltaré a vuestro marido para demostraros mi buen corazón! —exclamó el caballero riendo a mandíbula batiente.

Ante tal humillación, la cara de la mujer se volvió de pronto escarlata. Se incorporó, cogió el alazán por la brida y lanzó estas palabras al caballero: «¡Convertíos vos en piedra! ¡No sois más que un monstruo!».

Todo el mundo contuvo el aliento, esperando el castigo que le impondría el señor a la desdichada. Pero todos se quedaron boquiabiertos: la cara de Jean de Waldenburgo empezó a tomar el color de la piedra, su cuerpo se deslizó al suelo con un ruido sordo y su mirada aterrada se volvió vidriosa. Un gruñido salió de su pecho, que se petrificó poco a poco, mientras de los labios inmóviles escapaba un débil sonido. Antes de que los testigos de la escena, estupefactos, comprendiesen lo que estaba pasando, Jean de Waldenburgo se había convertido en piedra.

Los cazadores espolearon sus caballos y se dispersaron a toda prisa. El castillo de Waldenburgo se quedó vacío. Desde ese día nadie osaba entrar, ni tan siquiera pasar por delante del petrificado. Sin embargo, a los desgraciados campesinos la estatua no les daba ningún miedo. Invadieron las vastas salas del castillo, se apoderaron de las provisiones que quedaban y después liberaron a todos los inocentes encerrados en el torreón.

Fue así como el labrador pudo por fin regresar a casa, junto a su mujer y sus hijos. A él le dieron la parte de provisiones más grande del castillo, era lo más justo.

Ante la verja de Waldenburgo, todavía se ve hoy la estatua de piedra, aunque la lluvia y el viento la han deteriorado mucho. Del señor de Waldenburgo no queda más que una especie de columna de extraño aspecto.

La olla de barro

Cuento ilustrado por Vincent Vigla

Hace mucho tiempo vivían en una aldea una niña y una madre que se ganaban la vida prestando sus servicios a los labradores vecinos y criando algunas gallinas para vender los huevos en el mercado.

Un buen día la joven fue al bosque a recoger fresas silvestres. A mediodía se sentó a la orilla de un curso de agua y se sacó un trozo de pan del bolsillo para almorzar. Al instante apareció una mujer muy vieja, toda llena de arrugas.

—¿Querrías compartir conmigo tu pan? —le preguntó.

«Esta mujer es mucho más pobre que yo», pensó la niñita, observando con compasión los andrajos de la mendiga.

—¡Coja el trozo entero! —le dijo con una sonrisa—. Yo ya vuelvo a casa y puedo cortarme otro pedazo.

Mentía, pero lo hacía para que la anciana no se sintiese mal.

—¡Gracias! —dijo ésta aceptando la oferta—. Eres amable y generosa. Yo también te voy a dar una cosa.

Se sacó de entre las ropas una pequeña olla de barro y se la dio.

—Cuando vuelvas a casa, ponla en la mesa. Si tienes hambre, dile: «Ollita, quiero comer», y se llenará al instante de una deliciosa sopa. Cuando no quieras más, dile: «Ollita, ya está», y se parará. Que no se te olvide lo que tienes que decirle.

La anciana desapareció tan misteriosamente como había llegado y la muchacha corrió a su casa para contarle la aventura a su madre.

—¡Ollita, quiero comer! —le dijo tras ponerla sobre la mesa.

El recipiente se llenó con una espesa sopa que olía a tocino. Se llenó… ¡hasta las asas!

—¡Ya está! —exclamó la joven antes de que se derramase.

La madre y la hija comieron con gran apetito. ¡La sopa estaba deliciosa!

Al día siguiente la niñita fue al mercado a vender huevos. Había tantos compradores que decidió quedarse hasta venderlos todos. Ya había pasado la hora del almuerzo y todavía no había vuelto a casa.

—¡Ollita, quiero comer! —dijo de repente la madre, harta de esperar.

El recipiente se llenó al instante de un espeso caldo que olía muy bien. La madre sacó una cuchara y un plato del aparador y, cuando se dio la vuelta, vio con consternación que el caldo había rebosado. El líquido se derramaba por la mesa, caía sobre el banco e inundaba el suelo. Presa del pánico, tapó el recipiente con el plato que tenía en las manos, pero de nada sirvió. La olla de barro ignoró la tapadera y continuó echando caldo. Caía por todas partes. Parecía la crecida de un río. El caldo subía y subía... y la pobre mujer tuvo que refugiarse en el granero. El líquido salió por la ventana, bañó el camino y se dirigió hacia el pueblo...

—¡Ya está! —gritó con todas sus fuerzas la niñita, que por fin regresaba del mercado.

La ollita dejó de hacer caldo, pero había tanto que los campesinos que volvían de los campos no podían acceder a sus casas. Antes tenían que comerse el caldo. Pero nadie se quejó: ¡estaba riquísimo!

Tía Miseria

Cuento ilustrado por Laura Guéry

Érase una vez una mujer tan pobre, tan pobre que todos la llamaban Tía Miseria. Vivía en una cabaña de techo destartalado y su única posesión era una escuálida cabra y un huertecillo con un viejo peral.

Su único alimento era la leche de su cabra y las setas del bosque. Todos los años se alegraba al ir a recoger los frutos de su peral, pero los niños de la aldea siempre iban a cogerlos antes que ella y se los comían. Tía Miseria se enfadaba, pero de nada servía: ¡los niños nunca cambiarían!

Un día un anciano con el pelo largo se detuvo cerca de la cabaña y le suplicó así:

—Vengo desde muy lejos y apenas me tengo en pie. Te lo ruego, apiádate de mí.

Tía Miseria meneó la cabeza y le dijo:

—¿Qué puedo hacer por ti? Sólo tengo un poco de leche y un catre mojado por la lluvia que se cuela por las goteras de mi tejado.

—Sólo te pido pasar una noche bajo tu techo —respondió el anciano—. Mañana por la mañana habré descansado y reemprenderé la marcha.

Tía Miseria sabía muy bien lo que era el hambre. Le abrió la puerta y dijo:

—Compartiré de buena gana contigo lo poco que tengo.

Y así lo hizo.

A la mañana siguiente el anciano se dirigió a ella:

—Para agradecer tu bondad, cumpliré uno de tus deseos.

Pero, cuidado, ¡sólo puedes formular uno!

Dime qué es lo que más deseas.

Tía Miseria le respondió así:

—En realidad no deseo nada para mí. Pero si tengo que pedir algo, entonces querría que a partir de ahora todo aquel que venga a robarme peras se quede atrapado en el árbol y no pueda bajar salvo si yo se lo permito.

El anciano hizo un leve gesto de asentimiento y, tras despedirse, desapareció como por arte de magia en un recodo del camino.

Tía Miseria creyó que todo aquello no era más que un sueño, se encogió de hombros y volvió a sus quehaceres. Al día siguiente los niños se subieron al árbol y cogieron las peras maduras. Entonces apareció Tía Miseria: en cuanto la vieron los pequeños quisieron saltar al césped y escapar, pero no pudieron. Estaban como clavados en el árbol. Gritaron, sollozaron, pero Tía Miseria no hacía más que reír. Por la noche aparecieron los padres de los niños, intentaron hacer bajar a sus hijos, pero sin ningún éxito. Tuvieron que implorar y rogar de rodillas para que Tía Miseria se apiadase por fin de ellos:

—¡Llévenselos, pero que no vuelva a verles por aquí!

Y a partir de ese día los niños del pueblo no volvieron a robar peras.

Tía Miseria vivía de nuevo contenta y en paz; bebía su leche de cabra, en verano comía setas del bosque y todo el año se regocijaba pensando en el otoño, cuando maduraban las peras de su huertecillo.

Pasaron los años, pero llegó el día en que la Muerte fue a llamar a la puerta de la cabaña destartalada:

—Ha llegado tu hora —le dijo—, he venido a por ti.

Al principio Tía Miseria se asustó, pero luego respondió tranquilamente, con una sonrisa:

—Es normal. Ya llevo mucho tiempo en este mundo. Espera un momento, prepararé mi hatillo para el viaje. Entre tanto, puedes coger unas peras. Este año han salido más dulces que nunca.

La Muerte trepó al árbol y cogió la pera más apetitosa, pero cuando quiso bajar, le fue imposible descender del árbol. Suplicó, amenazó, prometió, ¡y Tía Miseria, ni caso!

Pasaron los años y en el pueblo nadie moría, pues la Muerte seguía atrapada en el viejo peral. Nadie podía matar ni tan siquiera

un conejo o una gallina, ni freír un pescado en la sartén, ni cazar ciervos en el bosque, ni siquiera matar una mosca ni un mosquito. Los aldeanos fueron entonces a casa de Tía Miseria a pedirle que soltara a la Muerte.

Tía Miseria habló así:

—Quiero acceder a vuestro deseo, pero antes de nada la Muerte tiene que prometerme por escrito que me perdonará para siempre. Si no, la mantendré prisionera y seguirá en el peral hasta el fin de los días.

Le dieron una hoja y una pluma
de oca a la Muerte, quien se apresuró
a cumplir con solemnidad el deseo
de Tía Miseria. Por fin pudo bajar
del peral y volver al mundo.
Pero ha mantenido su promesa:
desde entonces deja a Tía Miseria
en paz y siempre pasa muy
lejos de la cabaña.
Por eso Tía Miseria todavía vive.

Los tres céntimos

Cuento ilustrado por Jérôme Brasseur

Cuando era joven, me colocaron en una granja. Tras mi primer año de trabajo, mi amo me dio un céntimo. Lo cogí y lo tiré al pozo, diciendo para mis adentros: «Si he trabajado bien, que vuelva a la superficie. Si lo he hecho mal, que se quede en el fondo». La moneda cayó al fondo.

Me quedé, pues, un año más en la granja, al final del cual recibí un segundo céntimo. Lo cogí y lo tiré al pozo, diciendo para mis adentros: «Si he trabajado bien, que vuelva a la superficie. Si lo he hecho mal, que se quede en el fondo». Una vez más la moneda se hundió en el fondo.

Y me quedé, pues, un tercer año en la granja, al final del cual recibí un tercer céntimo. Lo cogí y lo tiré al pozo, diciendo para mis adentros: «Si he trabajado bien, que vuelva a la superficie. Si lo he hecho mal, que se quede en el fondo». Y las tres monedas subieron a la superficie…

Con el dinero en el bolsillo, partí a recorrer mundo. Me encontré con un ratón que me dijo:

—Dame un céntimo para poder pagar mis impuestos. Algún día te devolveré el favor.

«Para comprar pan y sal, me basta con dos céntimos —pensé—, podré pasar sin vino.» Y le di la moneda al ratón.

Más tarde, me encontré con un cangrejo de río que me dijo:

—Dame un céntimo para poder pagar mis impuestos. Algún día te devolveré el favor.

«Para comprar pan, me basta con un céntimo —pensé—, podré pasar sin sal.» Y le di un céntimo al cangrejo.

Pero, justo después, me encontré con un escarabajo que me dijo:

—Dame un céntimo para poder pagar mis impuestos. Algún día te devolveré el favor.

«Siempre puedo encontrarme a alguien generoso que me dé de comer —pensé—, puedo pasar sin dinero.» Y así le di mi último céntimo al escarabajo.

Proseguí el camino y llegué a las puertas de un palacio. El rey de aquel país tenía una única hija cuya tristeza era tan profunda que nunca sonreía. Había proclamado que quien curara a la princesa y consiguiese hacerla reír recibiría su

mano y la mitad del reino.

«No tengo ni un céntimo en el bolsillo, pero podría hacer reír a la princesa», pensé. Llamé a mis tres amigos: el ratón, el cangrejo de río y el escarabajo. Le pedí a este último que tocase música y al ratón y al cangrejo que bailasen. Fue un espectáculo tan divertido que la melancólica princesa rio a carcajadas. Pero no fue la única: el rey también rio, así como toda la corte. Mis amigos y yo, por nuestra parte, estábamos también muy contentos.

Me casé con la princesa sin un céntimo en el bolsillo. Viví como un señor. Goberné con sabiduría. Mitigué la pobreza y quise a todos mis súbditos, desde el más humilde al más rico.

¡Qué locura lo que puede hacer uno con tres céntimos!

La cacerola mágica

Cuento ilustrado por Didier Graffet

Érase una vez una viuda que vivía con su hijo en una cabaña y que por todo bien poseía una vaca.

Cierto día el amo del lugar, harto de que le pagasen con retraso, exigió la renta para el día siguiente. La pobre mujer tuvo que mandar a su hijo a la feria del ganado para vender la vaca. Por el camino se topó con un hombre que asía por el mango una cacerola negra de hollín.

—¿Dónde vas con esa vaca? —le preguntó el anciano.

—A la feria —respondió con gran tristeza el muchacho—,

a venderla. Necesitamos dinero para pagar la renta, nuestro amo no quiere esperar más…

—¡Te la compro! —le dijo el viejo—. Si me das tu vaca, te doy a cambio mi cacerola.

—¡Imposible! —exclamó el joven—. ¡Necesitamos dinero contante y sonante!

—No temas —le dijo amablemente el anciano—, esta cacerola

te dará todo lo que desees, incluso dinero. Sólo tienes que ponerla sobre el fuego y ya verás…

El joven, convencido por la cara de buena persona de su interlocutor, cambió la vaca por la cacerola negra de hollín y regresó a casa. A su madre le sorprendió verle tan pronto de vuelta, y, al saber lo que había hecho, se disgustó.

Pero de repente el hijo recordó las palabras del viejo y puso la cacerola al fuego.

—¡Aúpa, aúpa! ¡Me voy! —exclamó la cacerola en cuanto las llamas lamieron el metal.

—Pero ¿adónde? —preguntó el joven, asombrado al verla hablar.

—¡A las cocinas de vuestro amo!

La cacerola desapareció y, antes

de que el joven se repusiera de su
estupor, volvió por el conducto de
la chimenea y se posó en la mesa.
Estaba llena de un rico caldo.
La madre y el hijo lo disfrutaron.
¡Hacía mucho tiempo que no
calmaban su hambre!

—Hoy hemos comido,
pero ¿qué comeremos mañana?
—sollozó de nuevo la madre unas horas después.

El joven puso la cacerola al fuego una vez más.

—¡Aúpa, aúpa! ¡Me voy! —repitió.

—Pero ¿adónde? —preguntó el muchacho.

—¡A la despensa de vuestro amo!

La cacerola desapareció y, un instante después, estaba de vuelta
en la mesa, rellena de harina, tocino y carne.

La madre y el hijo guardaron todas las provisiones en el aparador, pero al rato la madre volvió a lamentarse.

—Tenemos provisiones para una semana, pero ¿cómo vamos a pagar la renta?

El joven puso la cacerola al fuego una tercera vez.

—¡Aúpa, aúpa! ¡Me voy! —exclamó.

—Pero ¿adónde? —preguntó el muchacho.

—¡A la caja fuerte de vuestro amo!

Desapareció otra vez para regresar en menos que canta un gallo. ¡Rebosaba de monedas de oro! La viuda y el hijo se disponían a contarlas cuando oyeron unos terribles gritos procedentes de la chimenea. El amo estaba atascado en el conducto, no podía ni subir ni bajar. Había sorprendido a la cacerola llenándose de oro y la había agarrado por el mango para impedir que huyese.

—¡Ladrona, no te soltaré! —había aullado.

Pero la cacerola había salido volando por la ventana, arrastrándole tras de sí por el aire, hasta el conducto de la chimenea, demasiado estrecho para su barrigón.

—¡Ayudadme a bajar! —aullaba—. Ayudadme si no queréis que os castigue.

La viuda, aterrada, se apresuró a obedecer pero el hijo, que
reía con ganas, se lo impidió:

—¡Quédate donde estás! —le dijo, y echó al fuego
un puñado de hojas mojadas. Despidieron un espeso humo
y el hombre, atascado en el conducto, empezó a toser.

—¡Sacadme de aquí —suplicó esta vez—
y olvidaré vuestras deudas!

La viuda, encantada con la promesa, quiso ayudarle, pero el hijo la detuvo:

—¡Quédate donde estás! —le dijo riendo de lo lindo.

—Joven, si me sacas de aquí —gimoteó el señor, tosiendo y asfixiándose—, te dejaré casarte con mi hija y te daré todo el dinero que quieras.

El muchacho subió al tejado y, tirando con todas sus fuerzas de las piernas del granjero, logró sacarle.

Una semana más tarde se celebraba una bonita boda: el hijo de una pobre viuda se casaba con la hija de un señor. Era rica, pero también muy guapa.

«¿Y la cacerola?», os preguntaréis.

Fue ella la que preparó el festín y cocinó los platos más exquisitos y deliciosos que jamás se hayan probado. Y luego desapareció, pero esta vez para siempre. ¡Una pena! Mucha gente necesitaría sus servicios...

Mis historias favoritas

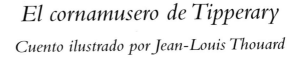

El cornamusero de Tipperary

Cuento ilustrado por Jean-Louis Thouard

En realidad ya nadie recuerda cuándo sucedió esta historia, que parece un cuento de hadas y, sin embargo, ocurrió de verdad en la verde Eire, más concretamente en Tipperary.

Vivía en este pueblecito una familia pobre con cuatro hijos. Tres de ellos estaban fuertes y sanos y ayudaban a sus padres tanto como podían. Pero el cuarto, cuando todavía estaba en la cuna, era ya una continua fuente de preocupaciones para sus padres y hermanos.

No se parecía en nada a un niño normal. Tenía la cara verde, como si le acabasen de sacar del agua, pero sus ojos semejaban brasas incandescentes. Tenía dientes puntiagudos de lobo, tan largos que no podía cerrar la boca. Sus manos estaban recubiertas de pelos de cabra tan largos que no se podían contar sus dedos, mientras que de sus piernas mejor no os cuento nada, así de escuálidas eran.

Además, el bebé lloraba noche y día, salvo cuando comía. No sin razón en Tipperary se decía que aquel extraño niño debía de haberlo puesto en la cuna una ondina. Estas náyades llevaban toda la vida morando entre los juncos de las orillas del río Suir, muy cerca de Tipperary.

En aquella época poco faltó para que este monstruito no matara de la pena a todos los que le rodeaban. Sus continuos chillidos hacían imposible conciliar el sueño y, a veces, con lo glotón que era, no dejaba comida para el resto.

Hasta que un buen día, en el que pegaba unos gritos que desgarraban los oídos y su madre intentaba en vano calmarle, un anciano que tocaba la cornamusa llegó a la casa.

Tim Carrol, que así se llamaba, escuchó el alboroto reinante y luego fue a sentarse junto al fuego para secarse las ropas empapadas por la tormenta que caía fuera.

Quién sabe por qué, se puso a tocar la cornamusa. Pero lo extraño fue que con las primeras notas la criatura dejó de aullar. Y mientras Tim tocaba una vieja tonadilla irlandesa, el crío reía y alargaba sus manos de cabra hacia el instrumento. Incluso se le olvidó pedir de comer.

La madre le rogó al viejo que le prestase el instrumento y el pequeño empezó a tocar la cornamusa igual que acababa de hacerlo Tim. Luego tocó una segunda tonada, y una tercera, y todo el mundo, perplejo, se preguntó dónde habría aprendido esas canciones. El pequeño tocó y tocó, sin mayor dificultad, como si no hubiese hecho otra cosa en su vida.

Pero por nada en el mundo consintió en separarse de la cornamusa, y no se la devolvió a Tim hasta que le dieron una recién comprada.

Si antes la casa era un cúmulo de gritos, ahora rebosaba música. Ningún cornamusero irlandés conocía tantas tonadas como el monstruito de la cuna; eran muchos los que llegaban, desde bien lejos de Tipperary, sólo para escuchar y aprender tonadas nuevas.

Sin embargo, el extraño crío conocía una melodía más extraña aún que obligaba a los pies de todos y cada uno a ponerse a bailar, y, hasta que no paraba de tocarla, nadie dejaba el corro danzarín,

ni aunque le
faltara el aliento.

La cosa
llegó al punto
de que algunos
vecinos cayeron
enfermos, al verse
obligados a bailar
tanto. En vano sus
padres le suplicaban
al joven músico que
dejara el instrumento
tranquilo un instante; hacía
oídos sordos y tocaba noche
y día, sin parar.

Aquello no podía terminar
de otra forma: acabaron echando a la familia de Tipperary.
El pueblo quería recuperar la calma y vivir en paz en su aldea.

El padre se vio así obligado a enganchar a la carreta la única vaca a la que no había hecho enfermar la música; acomodó al cornamusero a la madre y a sus atentos hijos y se pusieron en camino.

Se trataba de una marcha muy triste y, como tenían los ojos llenos de lágrimas, ni siquiera podían ver bien el pueblecito de Tipperary, que abandonaban quizá para siempre. Sólo el pequeño en su cuna, instalada sobre la carreta, parecía divertirse, tocaba su cornamusa como si no pasase nada. Esto encolerizaba a sus hermanos, que iban a pie y guiaban a la vaca.

Ya habían dejado atrás Tipperary cuando se aproximaron al puente sobre el Suir. De repente el niño dejó de tocar, se quedó pasmado y pegó tal grito que a sus hermanos les costó lo suyo que el tiro no se saliese del camino. Llegaron entonces al puente. Abajo la corriente rugía con fuerza y, en cuanto estuvieron en mitad del puente, el monstruito se alzó en la cuna, agarró la cornamusa entre sus manos velludas y, ¡aúpa!, saltó al agua bajo el arco del puente.

Los padres y los hermanos, aturdidos, se asomaron por el parapeto y miraron abajo, donde vieron algo asombroso.

El gnomo estaba cómodamente sentado en la cresta espumosa de una gran ola, con las piernas cruzadas, mientras tocaba su famosa tonada que obligaba a bailar incluso al que no tenía ganas. La ola le balanceaba y le mecía, y le llevó hasta el recodo donde el Suir desaparecía entre los altos juncos que cubrían sus riberas.

—Va a reunirse con las ondinas —suspiró la madre, y el resto supo que tenía razón.

Aunque desde ese día no ha vuelto a verse por la región al cornamusero, por la noche se escucha el silbido de una cornamusa entre los juncos de la orilla, donde, según cuentan, las ondinas bailan en alegres corros.

El ratoncito Pérez

Cuento e ilustraciones de Hélène Lasserre y Gilles Bonotaux

Sabéis que en ciertas viviendas, sean granjas en medio del campo o pisos de ciudad, castillos o chalés de las afueras, viven y trabajan ratoncitos? Pero, cuidado, no ratones cualquiera. No se trata de vulgares ratones, sino de ratones mágicos, y sólo existen en las casas donde hay niños.

«¿Y eso por qué?», os preguntaréis.

Pues simple y llanamente porque esos roedores recolectan los dientes de leche: esos dientecitos que se caen solos para dejar sitio a

los definitivos. Aunque no duele, a menudo los niños se asustan, pero son las leyes de la naturaleza: hay que pasar por eso para que venga el ratoncito.

Avispado y observador, espía lo que hacen los humanos sin ser nunca visto. Si por casualidad veis alguno colándose por un hueco, será seguramente una musaraña o un ratón de campo normal.

El ratoncito lo sabe todo, y cuando a un niño o una niña se le va a caer un diente, lo sabe al momento. ¡Es por sus poderes mágicos!

De modo que espera la noche, recoge —bajo la almohada, por supuesto— caninos o incisivos y los lleva sigilosamente a su laboratorio. Una vez allí muele, machaca y tritura el diente hasta obtener un fino y delicado polvo que mezcla con otros ingredientes: una pizca de legañas del genio del Sueño, tres gotas de gozo de pozo, y, por supuesto, dos cagarrutas del conejo de la Suerte.

Esta mezcla se pasa entonces por el tamiz y se calienta en un alambique. Cuando el elixir está listo, el ratoncito se bebe la mitad y esto le da sus poderes mágicos: carecer de olor, para esquivar a los gatos, desaparecer en caso de peligro y, por supuesto, saber dónde y cuándo actuar.

Después ya sólo le queda pagar el precio del diente, pues el ratoncito es honesto. Para ello les pide ayuda a muchos ratones normales: algunos van a por leña, otros cuidan del fuego y los más humildes barren el taller. Con el resto del elixir, el ratoncito fabrica en su fragua céntimos, escudos, francos o euros, según la época. Como un auténtico alquimista, convierte el polvo de diente en monedas tan auténticas como las que más, y luego las pone debajo de las almohadas, donde estaban los dientes.

¡Y esto es así desde que el mundo es mundo!

Pero un día no ocurrió lo previsto.

No había ningún diente bajo la almohada, a pesar de que el ratoncito sabía con seguridad que se había caído. Buscó por todas partes, debajo de los peluches, en la cunita de las muñecas, bajo las ropas e incluso en el baúl de los juguetes. ¡Nada!

Fue al cuarto de los padres, pero hacía mucho que éstos no ponían dientes bajo la almohada. De repente escuchó un ruido procedente del salón…

—Pero ¿qué está haciendo aquí?

El ratoncito vio a un abuelete gordo vestido de rojo que tenía un zapato en una mano. Perplejo, vislumbró el dientecito tan buscado.

¿Cómo se le había podido olvidar al ratoncito? Era la noche del 24 al 25 de diciembre. ¡Claro! Y el abuelete de rojo no era otro que Papá Noel, del mismo gremio, por así decirlo.

—¡Papá Noel! ¡Eh, Papá Noel! Espere, no lo tire. Ese diente es para mí.

Pero éste no le oyó. Como era muy viejo, muy viejo, estaba un poco sordo.

El ratoncito trepó por el abrigo del abuelo y se agarró de los pelos de su larga barba.

—Hola, ratoncito. ¿Qué haces aquí? —le preguntó Papá Noel al verlo—. Tienes las otras 364 noches del año para cumplir tu misión. ¡Hoy me toca a mí!

—Sí, puede ser, pero ¡es mi diente!

—No, caballerete. Es mío porque me lo han dado.

—Pero si te lo quedas, ¿qué voy a hacer yo? Yo también tengo una reputación que mantener.

Al ver tan triste al ratoncito, Papá Noel, que, como todo el mundo sabe, es muy buena persona, le propuso un trato:

—Mira, tú te quedas el diente y lo transformas en elixir mágico, yo eso no lo sé hacer. Y luego me lo bebo y así puedo terminar mi ronda más rápido. A cambio te daré un juguete para que lo pongas debajo de la almohada del niño.

¡Dicho y hecho!

Tras una noche de lo más movidita, al volver a casa, ¡qué sorpresa la suya! A los pies de la chimenea había un gatito de peluche, ¡su regalo de Navidad!

Y desde esa noche el ratoncito, como todos los niños, espera a Papá Noel con impaciencia.

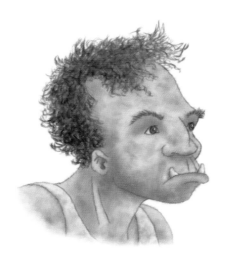

El trol que olía mal

Cuento e ilustraciones de Éphémère

Cuánto hace que no te lavas? —le preguntó Edmond a su amigo el trol.

—¡Vaya pregunta de ogro! —respondió Gustave, rascándose el dedo gordo del pie—. ¿De verdad crees que yo calculo esa tontería?

—Pues ya podrías preocuparte —prosiguió el orco que charlaba con ellos—. Ni las moscas se te posan encima.

—¡Pues ahí lo tienes, es una buena señal, Ernest! —replicó el trol.

—No y no, no es nada buena —intervino Gaspard—. Palabra de goblin, hueles realmente mal. Me da la sensación de estar hablándole a un queso gigante. ¡Ya no se puede soportar!

—Exageras, Gaspard —se ofendió el trol.

—Ah, no —corroboró Edmond—, te aseguro que no exagera. ¡Apestas, Gustave! ¡No es ninguna novedad!

La higiene no era la mayor cualidad de los troles, pero lo de Gustave era odio por lavarse. Le parecía completamente inútil porque, cuando se lavaba, a los pocos días volvía a estar sucio. Las raras veces en que se había bañado en el río, se había fijado en que el polvo del camino se le pegaba antes a las piernas mojadas. Decidió entonces no volver a lavarse. Tenía las uñas negras como cascos de caballo. Y el pelo, más revuelto que un pajar. Y con el paso de los días su olor empeoraba.

Gustave tenía por costumbre pasearse por el bosque y a menudo sus amigos le olían mucho antes de verle. Nunca podía sorprenderles: aunque se escondiese, su olor traicionaba su presencia.

Una tarde Gustave vagaba por los árboles al atardecer cuando, en un recodo del camino, se encontró al hada más hermosa del mundo.

—Buenas noches, señor —le dijo ésta—. Permitidme que me presente, me llamo Mirilina y me he perdido por el bosque. ¿Podríais indicarme el camino al castillo de Rasganell, por favor?

El viento arrastró el olor del trol pero el hada no se dio cuenta inmediatamente del hedor que desprendía.

—Pues… —farfulló el ogro—, creo que…

—¡Puaj! —prorrumpió el hada tapándose la nariz.

Para responder a Mirilina, Gustave, como es natural, había abierto la boca y el aliento resultaba abominable.

—¡Tenéis los dientes podridos! —exclamó el hada con una mueca de horror, antes de irse.

Boquiabierto y con los ojos acuosos, Gustave se quedó un rato inmóvil al borde del camino. Se acababa de enamorar perdidamente de Mirilina.

Esa misma noche corrió al río y se acercó al agua para enjuagarse la boca. Luego se frotó los dientes con una rama de arbusto que había partido en dos, hasta que se le pusieron bien blancos.

—¿Qué te pasa? —preguntaron Edmond, Ernest. y Gaspard.

—Nada, es sólo que quería tener una bonita sonrisa.

Esa noche no comió nada para no ensuciarse los dientes.

Al día siguiente Gustave aguardó al borde del camino y, cuando el sol se ponía por el horizonte, apareció Mirilina.

Fue hacia ella, pero ésta retrocedió al instante tapándose la nariz.

—¡Puaj! ¿Lleváis queso en los bolsillos? —le preguntó el hada apartándose para seguir su camino.

Con las primeras luces Gustave tiró sus viejas ropas y se metió en el río para lavarse meticulosamente.

—¿Estás enfermo? —se inquietaron sus amigos al verle.

—¿Os podéis aclarar? ¡Cuando no me lavo, no podéis soportarlo, y cuando me lavo, creéis que estoy enfermo!

Gustave se puso ropas nuevas y después se negó a pasear como de costumbre con sus amigos, por miedo a ensuciar su bello traje.

El sol todavía no se había puesto cuando vio a Mirilina. Le regaló el ramo de flores que había recogido en el bosque con mucho amor.

—Vaya… ¡Ya podíais peinaros, tenéis una pinta muy rara! —afirmó el hada, que rechazó el ramo.

Gustave fue corriendo hasta el río y, en el reflejo del agua, se pasó horas y horas desenredándose el pelo.

Para no despeinarse al echarse en la cama, esa noche el trol no durmió.

Al día siguiente se negó incluso a salir de su casa, pues el viento podía enredárselo. Sus amigos empezaban a echar de menos su hedor.

Cuando al final de la tarde se topó con Mirilina, ésta se echó a reír al verle.

—Ja, ja, ja, ahora oléis mejor, pero ¡tenéis un aspecto ridículo!

—Pero si fuisteis vos quien me dijo que…

—Me equivoqué, siempre seréis repugnante.

—Pero… yo os amo…

—¿Vos? ¡Ji, ji, ji! Pero ¡si sois feísimo!

Y el hada se fue entre carcajadas, dejando a Gustave con los ojos empañados de lágrimas al borde del camino.

—Es una mala mujer, Gustave, y una enana —le dijo Ernest, que lo había escuchado todo oculto entre los arbustos.

—Y no se merece que la quieras —añadió Edmond saliendo de entre los matorrales.

—Y además, nos tienes a nosotros —le consoló Gaspard, que se había escondido detrás de un tronco grueso—. ¡Y te queremos! Incluso cuando llevas la ropa sucia, o cuando tu pelo parece un pajar.

Hasta cuando tu olor es difícil de soportar o tu aliento apesta a queso. Somos tus amigos, y siempre lo seremos.

A partir de ese día Gustave dejó de lavarse y no volvió a ver a Mirilina. Nadie supo a ciencia cierta si Gaspard la asustó, si Ernest la aplastó o si Edmond se la comió, pero el hada no volvió por el bosque.

El viejo y el pájaro

Cuento ilustrado por Didier Graffet

Érase una vez un pajarito muy chico encerrado en una jaula. Un viejo le daba de comer y de beber y le prodigaba mil cuidados, pues le gustaba oírle cantar. Cierto día tuvo que ausentarse.

—Cuídame bien del pajarito —le dijo a su mujer.

Pero la anciana descuidó por completo al pájaro. Se afanaba en la casa, pero la escudilla no la rellenaba. Pasó un día, luego otro, y un tercero... El pájaro tenía tanta hambre que se puso a darle picotazos a los barrotes de la jaula hasta que logró salir. En unos pocos aleteos, voló hasta el plato lleno de semillas, que se secaban en el alféizar de la ventana, y se puso a picotear. La vieja, enrabietada, cogió al pájaro y se deshizo de él, lejos de la casa.

—¡Se ha ido! —le dijo a su marido cuando éste regresó.

La casa estaba triste y silenciosa, se habían acabado el trinar y los bellos silbidos aflautados... El viejo, apesadumbrado, miraba la jaula vacía: ¡el pájaro no volvería! Un día en que no se pudo contener, fue a buscarlo al bosque. Caminó largo rato hasta que le oyó cantar sobre una rama alta. El pajarito se alegró de verle, silbó delicadamente en su oído y revoloteó a su alrededor.

—¡Vuelve a casa! —le suplicó el anciano.

Pero el pajarito no quería ni oír hablar del tema. El viejo pasó varios días en el bosque, pero tuvo que regresar a su casa.

—Escoge entre estas dos cestas —le dijo el pájaro cuando se iba—. Una es grande y pesada, la otra pequeña y ligera.

—No merezco ningún regalo —le dijo el viejo, conmovido—, pero cogeré la más pequeña como recuerdo tuyo. Al fin y al cabo, la otra es demasiado pesada para mí.

Conteniendo a duras penas las lágrimas, dio media vuelta y se fue de allí.

Al llegar a su casa le contó su aventura a la mujer.

—Abre la cesta, a ver —dijo ésta con curiosidad.

El viejo levantó la tapa de mimbre y descubrió con estupefacción ¡monedas de oro y de plata y piedras preciosas que brillaban como mil luces!

—¿Por qué no cogiste la cesta grande? —le increpó la vieja avariciosa—. ¡Dime dónde está el pájaro! ¡Voy a ir yo también a hacerle una visita!

Y la vieja se fue sin más al bosque.

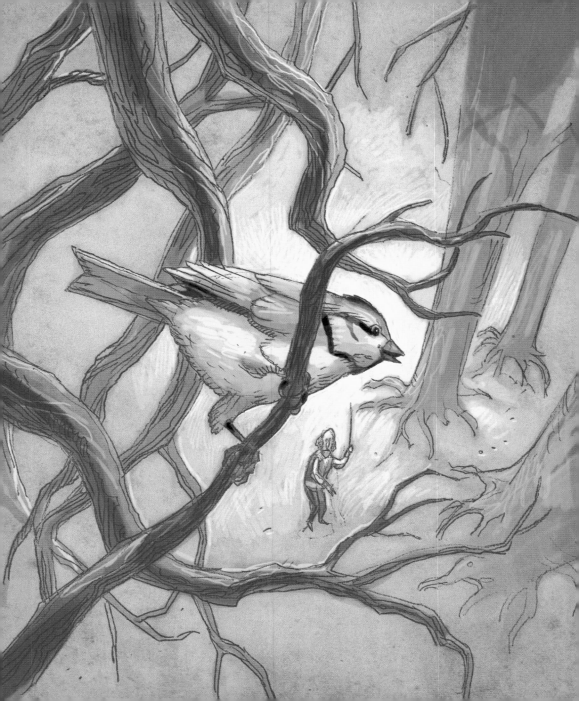

—¡Pajarito bonito! —le dijo—. ¡Estoy muerta de cansancio de tanto buscarte! ¡Por fin te he encontrado! ¡Dame un regalito, por lo mucho que te quiero!

El pájaro revoloteó a su alrededor y puso dos cestas a sus pies. Una era grande y pesada, la otra, pequeña y ligera. La codiciosa vieja cogió la primera y, sin darle las gracias al pájaro, regresó.

Apenas llegó a su casa, levantó la tapa de mimbre y metió las manos en la cesta para sacar las monedas. Pero ¡palideció y pegó un grito de terror!

Serpientes, cucarachas, escorpiones, víboras y sapos… Una montaña de bichos repugnantes atestaba el interior. Aterrorizada, pegó un salto hacia atrás y salió corriendo de la casa. Corrió… corrió, como si la persiguiese el diablo… y siguió corriendo…

Príncipe Tukta Khan

Cuento e ilustraciones de Sandrine Morgan

El castillo del rey Pen Patet y de la reina Aluny dominaba el valle de las Tres Sonrisas. Cuando nació la princesa Da Fa, su única hija, la reina mandó plantar alrededor del castillo un magnífico campo de orquídeas. El reino era próspero pero el rey lamentaba no tener un hijo varón que le sucediera. Da Fa creció y, con su vestido rojo, se convirtió en la flor más bella del jardín real.

Para asegurar su descendencia el rey concertó un matrimonio con el príncipe vecino, Keo. Pero desde el mismo día en que Da Fa abandonó el castillo, el reino se sumió en la tristeza. El sol, hechizado por la princesa, la había seguido y no había vuelto a aparecer por el valle. La reina no se levantaba de la cama y el campo de orquídeas se marchitó. Pronto todo el reino se parecía a aquel campo estéril. Pen Patet, que no sabía ya qué hacer, prometió cumplir los deseos de aquel que devolviera la vida al reino.

Con todo, en la penumbra del mercado, los forasteros traían consigo algo de animación. Meo, el titiritero, daba pequeños espectáculos y vendía las marionetas que él mismo hacía. Un día un comerciante extranjero le ofreció tres piedras a cambio de sus marionetas: «Aquí tienes dos turquesas y un trocito de ámbar. Crea con ello un príncipe para tu teatro», le sugirió.

Meo confeccionó un bello príncipe con ojos turquesa. El ámbar adornaba su corona. Encerró dentro una bonita mariposa que al batir las alas hizo que la marioneta cobrase vida. Meo asistió entonces a un baile fabuloso. «Felicidades, príncipe Tukta Kan —le dijo Meo—. ¡Si bailas así para mí, puede que te ganes un reino de verdad!» Acto seguido la marioneta empezó a hablar: «Mi reino está muy lejos, al norte, en la costa de Sombián. ¡Ayúdame! Una bruja celosa me transformó en mariposa en mi noche de bodas, cuando bailaba con mi princesa. Me encerró en un abeto hueco y nos tiró al mar. Pronto no me quedó del abeto más que la salvia convertida en ámbar, suficientemente ligera para flotar y poder dar la vuelta al mundo. Navegué durante meses para acabar en una playa donde

me recogió el comerciante. Pero no pude contarle nada. El cuerpo que me has dado es lo que me permite expresarme. ¡Te lo suplico, libérame! Sólo una lágrima, secada por el sol, podrá fundir el ámbar y permitir que la mariposa que soy llegue a su país».

El titiritero, conmovido por la historia, le propuso un trato: «Si en el mercado del lunes, el miércoles y el viernes haces bailar a la marioneta y cuentas tu historia en mi teatro, te prometo que serás libre». «Lo haré por ti y ganaré mi libertad», respondió la marioneta.

Llegó el lunes y Tukta Kan llevaba su corona, un suntuoso traje turquesa bordado con hilo de oro y unas bonitas babuchas doradas que le daban un elegante aspecto. A la gente del valle le conmovió el espectáculo y le maravilló descubrir una historia tan triste contada con tanta gracia. Todos se lamentaban de sus propios infortunios, pero ¡el príncipe Tukta Kan sí que lo había perdido todo! Fue un gran éxito cuyos ecos llegaron a oídos del rey. «El miércoles asistiremos al espectáculo», le dijo Pen Patet a la reina Aluny.

El mercado del miércoles era un hervidero… Toda la gente de los alrededores estaba presente. Meo dio tres golpes y Tukta Kan fundió de nuevo los corazones en lágrimas bajo una lluvia de aplausos. Meo anunció entonces la última representación del viernes. Los forasteros prometieron hacerle buena publicidad. ¡Todo el valle, el rey y la reina incluidos, asistirían de nuevo!

El viernes llegó. La muchedumbre se agolpaba ante el escenario y clamaba «¡Tukta Kan, Tukta Kan!». Los tres golpes sonaron cuando los primeros rayos del sol despuntaron tras el escenario. También el astro había ido a ver y participar en la última representación... ¡Semejante espectáculo requería una iluminación de categoría que sólo el sol podía ofrecer! Tukta Kan revoloteaba y brillaba a la luz de los rayos del sol. Todos estaban bajo su hechizo. El sol hizo que lloviese en el escenario, porque así era como él lloraba. Entonces, bajo las lágrimas de lluvia y los rayos del sol, la marioneta cayó y la mariposa salió volando.

El sol, orgulloso de sí mismo, quiso participar en más espectáculos. Así fue como, desde entonces, a diario las gentes del valle y los forasteros asistían al teatro de marionetas. El rey Pen Patet cumplió el deseo de Meo, que le pidió un nuevo decorado de orquí-

deas para representar todos sus espectáculos. Pronto las flores cubrie-ron la colina del castillo.

La felicidad había vuelto al reino. La princesa Da Fa regresó con su hijo para presentárselo a sus padres y fueron a ver las marionetas.

Y muy lejos, al norte del valle, una mariposa había regresado al reino de Sombián. El príncipe que había superado todas las maldiciones se hizo llamar Tukta Kan.